KB220822

그대들,
어떻게
살 것인가

옮긴이 김욱

언론계에서 오랫동안 활동했다. 현재는 문학, 인문, 사회, 철학 등 다양한 분야의 책을 탐독하며 사유의 폭을 넓히고 있다. 지은 책으로 《세계를 움직이는 유대인의 모든 것》, 《성공한 리더십 vs 실패한 리더십》, 《희망과 행복의 연금술사》, 《유대인, 기적의 성공 비밀》이 있으며, 옮긴 책으로 《동양기행》, 《황천의 개》, 《천상의 푸른빛》, 《노던라이츠》, 《여행하는 나무》, 《쇼펜하우어의 문장론》, 《지로 이야기》(전3권) 등이 있다.

그대들, 어떻게 살 것인가

1판 1쇄 2012년 6월 28일 | **1판 11쇄** 2024년 11월 1일

지은이 요시노 겐자부로 | **옮긴이** 김욱
펴낸이 조재은 | **펴낸곳** (주)양철북출판사
등록 2001년 11월 21일 제25100-2002-380호
편집 임중혁 조현나 김인정 김지훈 이단비 박시영
디자인 구화정 나지은 | **마케팅** 조희정 조민희 | **관리** 정영주
주소 서울시 영등포구 양산로 91 리드원센터 1303호
전화 02-335-6407 | **팩스** 0505-335-6408
ISBN 978-89-6372-065-4 03830 | **값** 15,000원

KIMITACHI WA DOU IKIRUKA
by Gentaro Yoshino, illustrated by Kazu Wakita
Text copyright ⓒ 1937, 1982 by Gentaro Yoshino Illustration copyright ⓒ Kazu Wakita
First published 1937 by Sinchosha, Tokyo
"Sakuhin ni tsuite" first published 1967 by Poplar Publishing Co., Ltd., Tokyo
This edition originally published 1982 by Iwanami Shoten, Publishers, Tokyo.
This Korean edition published 2012 by Tin Drum Publishing Co, Ltd., Seoul
by arrangement with the proprietor c/o Iwanami Shoten, Publishers, Tokyo

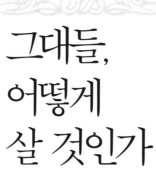

그대들,
어떻게
살 것인가

요시노 겐자부로 지음 | **김욱** 옮김

🦉양철북

일러두기
본문 괄호 안 설명은 모두 옮긴이가 쓴 것이다.

차 례

 코페르는 중학교 2학년이다.

진짜 이름은 혼다 준이치. 코페르는 별명이다. 열다섯 살이지만 열다섯 살치고는 작은 편으로, 코페르도 은근히 작은 키가 마음에 걸린다.

해마다 새 학기가 되면 체육 선생님은 운동장에 학생들을 모두 불러 모아 모자를 벗게 하고 키대로 줄을 세운다. 그때마다 코페르는 슬그머니 돌멩이 위에 신발 뒤꿈치를 올려놓거나 목을 길게 뽑아 어떻게든 앞쪽에 서 보려고 애를 쓰지만 성공한 적은 없다. "갓찐"으로 불리는 기타미와 함께 늘 2, 3등을 다투며 서로 앞서거니 뒤서거니 서게 된다. 물론 뒤에서부터다. "갓찐"이란 성격이 드세고 고집 센 사람을 일컫는 말이다.

그런데 성적으로 말하면 반대다. 늘 1등 아니면 2등이다. 3등으로 떨어져 본 적이 없다. 이건 진짜 성적순으로 당연히 앞에

서부터다. 그렇다고 코페르가 시험 점수를 잘 받을 욕심에 열심히 공부하는 것도 아니다. 놀기라면 친구들보다 훨씬 좋아한다. 학교에서 야구 경기를 할 때도 언제나 반 대표 선수로 나간다. 자그마한 코페르가 커다란 글러브를 끼고 2루를 지키고 있으면 어쩐지 귀엽고 앙증맞아 보인다. 코페르는 몸이 작아 강타자는 될 수 없어도 번트를 잘해서 늘 2번 타자로 선발 출전한다.

성적이 1, 2등을 다투지만 코페르는 지금껏 반장에 뽑혀 보지 못했다. 친구들에게 신임을 못 받아서가 아니라 장난이 조금 지나친 탓이다. 도덕 시간에 선생님 몰래 장수풍뎅이 두 마리를 끈으로 묶어 줄다리기를 시키며 재밌어하는 코페르를 반장으로 뽑기에는 조금 무리일 테다. 담임선생님은 학부모 모임 때마다 코페르의 어머니에게 한결같이 말한다. "공부는 잘해요. 성적이 우수해서 이번에도 수석이에요. 그런데⋯⋯." 선생님 입에서 "그런데⋯⋯" 하는 말만 나오면 어머니는 또 시작이구나, 하고 마음의 준비를 한다. 코페르가 장난을 지나치게 쳐서 큰일이라는 이야기가 이어지기 때문이다.

코페르가 장난을 계속하는 데는 어머니한테도 책임이 있다. 어머니는 학부모 모임에서 돌아와 코페르에게 "또 선생님한테 한소리 들었잖아." 하고 말은 하지만 말투는 그렇게 엄격하지 않다. 솔직히 말해서 어머니는 이런 문제로 코페르를 심하게 야단칠 수가 없다. 코페르가 다른 사람을 난처하게 만들거나 괴롭히려고 장난을 치는 게 아니기 때문이다. 장난은 치지만 악의 없이 사람들을 웃기고 즐겁게 해 줄 뿐이다. 이것 말고도 엄마가 코페르를 야단칠 수 없는 또 다른 까닭이 있다. 코페르에게는 아버지가 안 계신다.

코페르의 아버지는 이 년 전에 돌아가셨다. 코페르네는 유명 은행에서 중역으로 일하던 아버지가 돌아가시면서 옛 시가지에 있는 큰 집에서 교외에 있는 작고 아담한 집으로 이사했다. 집에서 일하는 사람도 줄어서 지금은 어머니와 코페르, 할머니와 가정부 이렇게 네 사람밖에 없다. 아버지가 살아 계실 때와 달리 찾아오는 사람도 거의 없어 집안은 갑자기 쓸쓸해졌다. 어머니는 아버지가 돌아가시고 나서 갑자기 환경이 바뀌었기 때문에 코페르가 낙심하면 어쩌나 싶어 걱정을 많이 했다. 그래서 코페르가 장난을 쳐도 나무라고 싶지 않았다.

코페르네가 교외로 옮기고 나서 가까운 데 사는 외삼촌이 가끔 찾아왔다. 외삼촌은 어머니의 동생으로 대학을 졸업한지 얼마 안 되는데 법학사 학위가 있다. 코페르도 자주 외삼촌 집에 놀러간다. 둘은 무척 사이가 좋다. 이웃 사람들은 보통 사람들보다 키가 큰 외삼촌과 또래 아이들보다 키가 작은 코페르가 나란히 걷는 모습을 재밌다는 듯 바라보고는 한다. 주택가 빈터

에서 두 사람이 캐치볼을
하는 모습도 자주 보았다.

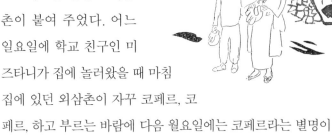

코페르란 별명도 외삼
촌이 붙여 주었다. 어느
일요일에 학교 친구인 미
즈타니가 집에 놀러왔을 때 마침
집에 있던 외삼촌이 자꾸 코페르, 코
페르, 하고 부르는 바람에 다음 월요일에는 코페르라는 별명이
학교에도 퍼졌다.

"혼다는 말이지, 집에서 코페르라고 불러."

미즈타니가 학교에서 떠들어 댄 탓에 다들 코페르라고 부르
게 되었다. 지금은 어머니마저도 가끔 "코페르야" 하고 부른다.

그런데 왜 "코페르"가 되었을까? 친구들은 아무도 그 까닭을
모른다. 그렇지만 어감이 재미있어 그렇게 부르고 있다. 코페르
에게, "왜 코페르가 된 거야?" 하고 물어봐도 코페르는 웃기만
할 뿐 왜 그런지 가르쳐 주지 않았다. 하지만 코페르는 친구들
이 왜 그런 별명이 붙었는지 물어볼 때면 어쩐지 기뻐하는 것처
럼 보였다. 그래서 친구들은 더욱 궁금해졌다.

여러분도 코페르의 친구들처럼 코페르에게 왜 이런 별명이
생겼는지 궁금해할지도 모르겠다. 그렇다면 먼저 코페르라는

별명이 생긴 까닭부터 이야기하겠다. 이어서 코페르의 머릿속에서 일어난 여러 가지 일들을 알려 주려고 한다. 왜 이런 것까지 이야기하는지는 이 글을 읽다 보면 자연히 알 수 있을 테다.

이상한 경험

코페르가 중학교 1학년이던 지난해 10월 어느 날 오후였다. 코페르는 외삼촌과 긴자(도쿄 도 주오 구 남서부에 있는 번화가)에 있는 어느 백화점 옥상에 서 있었다. 내리고 있는지 그쳤는지 분간이 안 될 만큼 가느다란 이슬비가 잿빛 하늘에서 조용히 떨어지고 있었다. 어느새 코페르의 외투와 외삼촌이 입고 있는 비옷 위로 작은 은색 물방울들이 서리처럼 내려앉아 송골송골 맺혀 있었다. 코페르는 말없이 눈 아래 펼쳐진 긴자 거리를 내려다보고 있었다.

7층 빌딩 위에서 내려다보는 긴자 거리는 가느다란 도랑 같았다. 도랑 바닥을 수많은 자동차들이 흘러가고 있다. 오른쪽 차선은 니혼바시(도쿄 도 주오 구 북부에 있는 지역)에서 코페르가 서 있는 빌딩을 지나 신바시(도쿄 도 미나토 구의 북동 방향 끝에 있

는 지역)로, 왼쪽 차선은 신바시에서 니혼바시로 가는 흐름이다. 두 흐름이 서로 스칠 것처럼 엇갈린다. 차 크기에 따라 차선의 줄기가 때로는 굵어지고 때로는 가늘어진다. 그 사이를 나른해 보이는 전차가 느릿느릿 지나간다. 장난감처럼 보이는 전차는 지붕이 흠뻑 젖어 있다. 자동차도, 아스팔트도, 줄지어 서 있는 가로수도 모두 흠뻑 젖어 잿빛 하늘 어디에선가 새 들어온 한낮의 빛을 반사하고 있다.

코페르는 그렇게 땅 위를 구경하다가 문득 거리를 달리는 자동차들이 벌레 같다고 생각했다. 어떤 벌레냐고 묻는다면 장수풍뎅이 같다고 하겠다. 장수풍뎅이 무리가 급하게 기어가고 있다. 벌레는 볼일을 다 보고 온 길로 되돌아간다. 무엇인지는 잘 모르겠지만 틀림없이 그들 나름대로 중요한 일을 하고 있을 테다. 시야에서 멀어질수록 긴자 거리는 점점 더 좁아진다. 이윽고 그 거리는 왼쪽으로 꺾여 높은 빌딩 뒤로 숨어 버린다. 교바시(도쿄 도 주오 구에 있는 철도역) 근처다. 거기가 장수풍뎅이 보금자리로 들어가는 곳인 모양이다. 급하게 뒤돌아서 가던 장수 풍뎅이들은 차례차례 그곳에서 모습을 감춘다. 이어서 한 녀석이 밖으로 나온다. 그 녀석 뒤로 여러 놈들이 따라 나온다. 까만색, 까만색, 또 까만색, 이번에는 파란색, 잿빛을 띤 회색…….

가루 같은 이슬비는 여전히 내리고 있다. 코페르는 교바시 부근을 바라보며 상상 속에 묻혀 있다 고개를 들었다. 도쿄의 거리는 비에 젖은 채 끝도 없이 이어져 있다. 흩날리는 이슬비를 맞으며 아득히 먼 곳까지 펼쳐져 있다. 코페르는 그 모습이 어쩐지 어둡고 쓸쓸해 보였다. 눈길이 닿는 곳마다 작은 지붕들은 물기를 머금은 채 어두침침한 하늘색을 반사하며 끝도 없이 이어져 있다. 그 낮은 지붕들 사이로 군데군데 빌딩이 무리지어 솟아 있다. 멀리 떨어져 있는 빌딩은 빗줄기가 스며들어 한참 동안 보고 있으면 하늘색 안개 속에서 그림자처럼 떠다녔다. 습한 기운이 세상을 덮어 버린 것 같았다. 눈에 보이는 모든 것들이 젖어 있었다. 길가에 있는 돌멩이에도 물이 스며든 것 같았다. 그렇게 도쿄는 차갑고 습한 바닥에 꼼짝없이 붙들려 천천히 가라앉고 있었다.

코페르는 도쿄에서 태어나 도쿄에서 자랐지만 이토록 슬픈 표정을 짓고 있는 도쿄 거리는 처음 보았다. 축축하게 젖어 버린 거리에서 나는 시끌벅적한 소리가 7층 옥상까지 올라왔지만 코페르는 그 소리가 귀에 들리지 않는 것처럼 눈동자를 거리 한 곳에 박고 움직이지 않았다. 그때 코페르의 마음속에서 어떤 변화가 찾아왔다. "코페르"라는 별명이 생긴 것도 이때 코페르의 마음에 변화가 생긴 것하고 관계가 깊다.

처음으로 코페르의 눈동자에 들어온 풍경은 비가 내리는 어두운 겨울 바다였다. 아버지와 함께 겨울방학을 맞아 이즈(시즈오카 현 이즈 반도의 중앙부. 온천과 해수욕장으로 유명하다)에 놀러갔을 때가 되살아난 것인지도 모른다. 이슬비가 흩뿌리는 도쿄 거리를 내려다보고 있으니 시내가 바다처럼 보였다. 드문드문 서 있는 빌딩은 해수면 위로 솟아오른 바위 같았다. 바다 위로 금방이라도 비를 뿌릴 듯한 하늘이 낮게 드리워 있다. 코페르는 눈앞에 펼쳐진 모습을 보며 혼자 상상의 날개를 펼치다 이 드넓은 바다에 사람이 살고 있구나, 하고 생각했다. 코페르는 그렇게 생각하는 자신을 깨닫고는 자기도 모르게 몸서리를 쳤다. 빽빽하게 땅을 메우고 있는 작은 지붕들, 그 셀 수 없는 지붕 아래 사람들이 살고 있다! 당연한 일인데도 새삼 생각해 보니 어쩐지 무서워졌다. 지금 코페르의 눈 아래, 그리고 코페르의 눈길이 닿지 않는 곳에 코페르가 모르는 사람들이 수십 만이나 살아가고 있다. 어떤 사람들일까. 지금 무엇을 하고 있을까. 무슨 생각을 하고 있을까. 코페르는 눈 아래 펼쳐진 세계가 알 수 없는 혼돈의 세계로 보였다. 안경 쓴 노인, 단발머리 여자아이, 머리를 틀어 올린 아주머니, 앞치마를 두른 남자, 양복 입은 회사원…… . 세상을 살아가는 다양한 사람들이 코페르 앞에 나타났다 사라졌다.

"외삼촌!"

코페르는 외삼촌을 불렀다.

"여기에서 보이는 사람들이 얼마나 돼?"

"글쎄."

외삼촌도 금방 대답하지는 못했다.

"여기 면적이 도쿄의 10분의 1이나, 8분의 1쯤 되니까 사람들도 도쿄 인구의 10분의 1이나 8분의 1쯤 되지 않을까?"

"그렇진 않아."

외삼촌이 웃으며 대답했다.

"도쿄 인구가 어디에서나 평균적으로 똑같다면 네 말대로겠지. 하지만 실제로는 인구 밀도가 높은 곳도 있고 낮은 곳도 있어서 면적 비율로 계산할 수는 없어. 낮과 밤에도 사람들 숫자가 달라질 테고."

"낮과 밤? 왜 달라지는데?"

"생각해 봐. 나랑 너는 도쿄 변두리에 살잖아. 그런데 지금 우리는 도쿄 한복판에 있어. 저녁이 되면 집으로 돌아가지. 그런 사람들이 우리 말고도 아주 많아."

"……."

"오늘은 일요일이지만 평일에는 여기에서 보이는 교바시, 니혼바시, 간다(도쿄 도 지요다 구 북동부), 혼고(간다 인근에 있는 도쿄 대학 소재지)는 아침마다 도쿄 변두리에서 찾아오는 사람들로 넘쳐 날 거야. 저녁이 되면 그 사람들이 한꺼번에 집으로 돌아가겠지. 전차나 버스가 붐빌 때 얼마나 어수선한지 너도 잘 알지?"

코페르는 정말 그렇겠다고 생각했다. 외삼촌이 계속해서 말했다.

"말하자면 수십 만, 아니 수백 만쯤 되는 사람들이 바다의 조수처럼 밀려왔다가 빠져나가는 셈이지."

안개처럼 흩날리는 빗물이 두 사람 위로 조용히 내려앉고 있었다. 외삼촌과 코페르는 말없이 도쿄 시내를 내려다보고 있었다. 흩뿌리는 빗줄기 저쪽으로 어두운 시가지가 끝도 없이 이어져 있을 뿐 사람 그림자는 보이지 않았다. 하지만 그 속에는 수십 만, 아니 수백 만이나 되는 사람들이 저마다 생각에 잠겨 서로 다른 일을 하면서 살고 있다. 그 사람들이 아침마다, 저녁마다 조수처럼 밀려왔다가 빠져나가고 있다. 코페르는 정체를 알 수 없는 커다란 소용돌이에 빠져 빙글빙글 돌고 있는 듯했다.

"외삼촌."

"왜?"

"사람은 말이지……."

코페르는 뺨을 조금 붉히면서 용기를 내어 말했다.

"사람은 물의 분자랑 비슷해."

"그렇구나. 세상을 바다나 강에 비유한다면 사람은 분자 같은 존재겠지."

"외삼촌도 분자네?"

"그러는 너도 마찬가지야. 넌 훨씬 작은 꼬마 분자일 테니까."

"무시하지 마. 분자라는 건 본디 작은 거라고. 외삼촌은 분자라고 하기엔 너무 커."

코페르는 또다시 눈 아래 긴자 거리를 내려다보았다. 자동차, 자동차……. 그러고 보니 저 장수풍뎅이처럼 생긴 자동차마다 사람이 타고 있다.

코페르는 물결처럼 흘러가는 자동차 사이에서 자전거 한 대를 발견했다. 자전거에 탄 사람은 나이 어린 사내애였다. 헐렁한 비옷이 비에 젖어 반짝거리고 있다. 아이는 옆과 뒤에 자동차가 오는지 살피면서 열심히 페달을 밟고 있었다. 빌딩 옥상에서 코페르가 내려다보고 있을 줄은 꿈에도 모르고 빗물로 반들반들해진 아스팔트 위를 달리고 있다. 고개를 자꾸 양옆으로 흔들며 자동차를 피해 달리고 있다. 그때 회색빛 자동차 한 대가 앞서 나가는 자동차 두서너 대를 앞지르기 위해 옆으로 빠져나왔다.

'위험해!'

코페르가 옥상에서 지켜보다 속으로 외쳤다. 자전거가 당장이라도 차에 부딪혀 나가떨어질 것만 같았다. 다행히 아이는 재빨리 몸을 돌려 자동차를 먼저 보낸다. 잠깐 비틀거렸지만 어렵사리 중심을 잡고 다시금 힘차게 페달을 밟는다. 아이가 한 발, 한 발 페달을 밟을 때마다 온몸을 흔들며 힘을 싣는 모습이 옥상에서도 보일 정도였다.

저 아이는 무슨 일로 저렇게 바쁘게 달려가는 것일까. 코페르가 알 수는 없다. 처음 보는 저 아이를 이렇게 먼 곳에서 내려다보고 있다. 그리고 저 아이는 누군가가 자기를 내려다보고 있는 것을 모른다……. 코페르는 이런 상황이 조금 신기하게 느껴졌다. 아이는 코페르와 외삼촌이 자동차를 타고 긴자에 올 때 지나온 곳 쪽으로 달려가고 있다.

"외삼촌, 우리가 저 길을 지나올 때……"

코페르는 손으로 아래를 가리키며 말했다.

"누가 이 옥상에서 우리를 내려다보고 있었는지도 모르겠어."

"그야 알 수 없는 일이지. 당장 지금만 해도 누가 창밖으로 우리를 보고 있는지도 몰라."

코페르는 가까이 있는 빌딩을 둘러보았다. 빌딩마다 창들이 얼마나 많은지 모른다. 외삼촌에게 그런 말을 들었기 때문인지 창문이 모두 코페르 쪽으로 쏠려 있는 것 같았다. 창문 유리는 바깥에서 희미한 빛을 반사하며 돌비늘처럼 빛나고 있다. 그 안에서 누군가가 이쪽을 보고 있는지는 정말 알 수 없는 일이다. 코페르는 자신이 모르는 어딘가에서 누군가가 자기를 보고 있을 것만 같은 생각이 들었다. 그 사람 눈에 자기 모습이 어떻게 비칠지 상상이 되었다. 멀리 쥐색 빛으로 뿌옇게 흐려 보이는 7층 건물. 그 옥상에 서 있는 작은, 아주 작은 사람 모습! 코페르는 기분이 묘해졌다. 누군가를 보고 있는 나, 누군가가 보고 있는 나, 그것을 깨달은 나, 멀리서 이곳에 있는 나를 보고 있는 나. 코페르는 여러 가지 상상이 마음속에서 한데 겹쳐지자 어지러워졌다. 코페르는 마음속에서 무엇인가 파도처럼 출렁거리는 것을 느꼈다. 정확하게 말하면 무엇인가가 코페르를 흔들고 있었다. 코페르 앞에 펼쳐져 있는 도시에 그때까지 보이지 않던

바닷물이 차올랐다. 어느새 코페르는 바닷물 속의 작은 물방울이 되었다……

코페르는 멍하니 아래를 내려다보며 오랫동안 말이 없었다.

"왜 그러니?"

외삼촌이 물었다.

코페르는 꿈에서 막 깨어난 듯한 얼굴을 하고 있었다. 외삼촌을 보면서 쑥스러운 듯 웃었다.

몇 시간이 지나 코페르와 외삼촌은 자동차를 타고 교외에 있는 집으로 돌아가고 있었다. 백화점에서 나와 영화를 보고 택시를 타고 돌아가는데 그때는 이미 해가 완전히 기울었다. 비는 여전히 내렸다. 전조등 불빛은 떨고 있는 이슬비를 비추고 있었다.

"조금 전엔 뭘 생각했니?"

외삼촌이 물어보았다.

"조금 전이라니?"

"백화점 옥상에서. 뭔가 생각하는 것 같던데……."

"……."

코페르는 뭐라고 대답해야 좋

을지 몰라 잠자코 있었다. 외삼촌도 더 묻지 않았다. 자동차는 캄캄한 길을 계속 달렸다.

코페르가 말했다.

"좀 이상한 생각이 들었어."

"뭐가?"

"외삼촌이 사람을 조수 같다고 하니까."

"……."

외삼촌은 잘 모르겠다는 표정을 지었다. 그러자 코페르는 목소리를 조금 높여 말했다.

"외삼촌, 사람은 정말 분자인 것 같아. 오늘 정말 그런 생각이 들었어."

외삼촌이 깜짝 놀란 듯 눈이 동그래진 모습이 흐린 자동차 불빛에 비쳤다. 코페르 얼굴에도 평소에 볼 수 없던 긴장감이 서려 있었다.

"그래……."

외삼촌은 대답하면서 생각에 잠겼는데 이윽고 조용하게 말했다.

"그런 건 꼭 기억하고 있어야 해. 무척 중요하니까."

그날 저녁이다.

외삼촌은 서재에서 늦게까지 무언인가를 열심히 썼다. 펜을 잠깐 내려놓고 담배를 피우며 골똘히 생각에 잠겼다가 또다시 펜을 들었다. 한 시간에서 한 시간 반 가까이 무엇인가를 쓰고는 펜을 내려놓고 노트를 덮었다. 거무스름한 적갈색 헝겊 표지가 있는 커다란 노트이다. 외삼촌은 책상 위에 놓아둔 홍차 찻잔을 들고 식어 버린 홍차를 마시고는 크게 하품을 하며 머리를 북북 긁었다. 그러고는 담배에 불을 붙여 천천히 피우다가 책상 서랍을 열어 노트를 안에 집어 넣었다. 외삼촌은 전깃불을 끄고 어슬렁어슬렁 잠자는 방으로 들어갔다.

이 노트를 잠깐 살펴보겠다. 혼다 준이치가 어쩌다 코페르가 되었는지, 그 숨은 사연이 적혀 있기 때문이다.

사물을 보는 방법에 대하여

준이치.

오늘 네가 자동차 안에서 "사람은 정말 분자인 것 같아." 하고 말했을 때 너는 깨닫지 못했겠지만 꽤 진지해 보였단다. 그때는 정말이지 멋있게 보이더구나. 하지만 내가 감동한 건 네가 멋있어 보였기 때문만은 아니야. 너도 이제 그런 문제를 진지하게 고민할 때가 되었다고 생각하니 대견스럽기도 하고 낯설기도 했어. 네가 느낀 것처럼 한 사람, 한 사람은 모두 이 넓은 세상의 분자란다. 다 함께 모여 세상을 만들고 모두 세상의 파도에 맞춰 살아가고 있지. 세상의 파도라는 것도 따지고 보면 분자운동으로 만들어진 것이지만, 사람은 일반적인 물질의 분자하고는 다르지. 이런 이야기는 네가 자라면서 자세히 알게 되겠지만, 네가 지금 이 넓은 세상에서 한 분자로 존재하고 있는 너 자신을 찾아냈다는 건 결코 작은 문제가 아니란다.

코페르니쿠스가 주장한 지동설을 들어본 적이 있겠지. 코페르니쿠스가 지동설을 주장하기 전까지 사람들은 태양과 별이 지구 둘레를 돈다고 믿었단다. 자기네들 눈에 보이는 대로 믿었던 거야. 기독교에 영향을 받아 지구가 우주의 중심이라고 믿은 탓도 있었지만, 한 발 더 나아가 생각해 보면 인간은 늘 그렇게 자기 중심으로 사물을 보고 생각하려는 성질이 강하다는 걸 알수 있어. 코페르니쿠스는 기존의 생각으로는 도무지 설명할 수 없는 천문학의 문제를 풀기 위해 여러 가지로 연구하다 지구가 태양을 돈다고 가정해 보았단다. 그렇게 해서 그때까지 설명할수 없던 갖가지 문제들을 자연스레 설명할 수 있는 법칙을 만들수 있었단다. 그 뒤로 갈릴레이와 케플러(독일의 천문학자. 행성 운동의 세 가지 법칙을 발견하여 근대 역학의 선구자가 되었다) 같은 사람이 코페르니쿠스가 주장한 게 올바르다는 것을 증명해 냈지. 그래서 지금은 지동설을 당연한 진리로 받아들이고 있어. 초등학교에서도 알기 쉽게 지동설을 가르칠 정도가 되었지.

하지만 너도 알고 있듯이 코페르니쿠스가 처음 지동설을 주장했을 때 세상은 정말 엄청나게 시끄러웠단다. 교회가 최고 권력을 자랑하던 시절이니 교회의 가르침을 뒤집는 지동설은 불온사상이라고 낙인찍어 지동설을 지지하는 학자들을 감옥에 가두고, 지동설을 주장한 책은 불태우면서 무척 심하게 박해를 했단다. 세상 사람들은 교회가 인정하지 않는 학설을 주장해 박해를 당하는 건 바보 같은 짓이라고 여겼지. 그 당시 사람들에게 우리가 살고 있는 지구가 드넓은 우주를 빙글빙글 돌고 있다는 주장은 진실을 떠나서 믿고 싶지 않은 이야기였는지도 몰라. 요즘에는 초등학생도 알 만큼 일반론인 지동설이 인정받기까지는 무려 수백 년이라는 세월이 흘러야 했단다. 이처럼 사람의 마음속에는 자기를 중심으로 사물을 보고 판단하고 싶어 하는 성질이 깊게 뿌리내려 있단다.

코페르니쿠스처럼 내가 살아가는 지구를 드넓은 우주 속 천체의 하나로 바라볼 것인가, 아니면 내가 살아가는 지구가 우주의 중심이라고 믿을 것인가, 하는 문제는 단순히 천문학에 관계된 것이 아니란다. 이 문제는 세상을, 또 인생을 바라보는 시선과 맞닿아 있단다.

어릴 때는 누구나 지동설이 아닌 천동설로 세상을 바라보지. 아이들이 하는 행동을 관찰해 보렴. 아이들은 언제나 자기를 중심으로 생각해. 전찻길은 우리 집 대문에서 왼쪽, 우체통은 오른쪽, 채소 가게는 오른쪽 골목 모퉁이에, 시즈코 씨 집은 우리 집 맞은편, 미쓰짱네는 우리 옆집……. 이렇게 세상의 중심에 자기를 앉혀 놓고 자기를 기준으로 둘레에 무엇이 있는지 둘러보는 거야. 사람을 인식하는 것도 마찬가지야. 저 사람은 우리 아빠가 다니는 은행 직원, 이 사람은 엄마 친척……. 이렇게 자기를 중심으로 사람들을 인식하지. 그러다 어른이 되면서 지동설이라는 사고방식을 갖추게 돼. 세상의 넓이를 알아 가면서 그 안에 있는 수많은 사물과 사람의 존재를 이해하게 되는 거야. 어디어디라고 말하면 자기 집하고 거리가 얼마나 되는지 떠올리지 않아도 대충 감이 잡힐 만큼 공간 감각도 생기고, 어느 은행의 은행장, 어느 중학교의 교장이라고만 알려 줘도 그 사람을 제대로 인식할 수 있을 만큼 사람도 이해하게 되는 거야.

그런데 나를 중심으로 사물을 생각하고 판단하려는 성질은 어른이 되어서도 남아 있단다. 네가 어른이 되면 알겠지만 자기중심의 사고에서 벗어난 사람은 이 넓은 세상에서도 아주 드물단다. 더구나 이해득실이 맞물린 상황에서는 내 입장을 떠나 진실을 있는 그대로 판단하고 받아들이기가 무척 어려워. 그런 상황에서 코페르니쿠스적인 사고를 할 수 있는 사람이라면 위대하다고 존경받아 마땅하지. 하지만 현실에서는 많은 사람들이 자기 입장에만 빠져 눈에 보이는 진실을 외면하고 자기에게 유리한 것만 바라보려고 한단다. 지구가 우주의 중심이라는 믿음에서 벗어나지 못했을 때 인류는 우주의 진실을 제대로 바라보지 못했어. 그와 마찬가지로 내 입장만 생각해서 사물을 판단한다면 세상의 참된 진실과는 끝내 마주할 수 없단다. 세상의 진리는 자기만 바라보는 사람의 눈에는 절대로 보이지 않는 법이거든. 지동설을 부정하는 사람들은 해가 떠오른다고, 해가 저문다고 말했지. 사실은 지구가 움직이는 건데 말이야. 일상에서는 그렇게 말해도 아무런 지장이 없어. 하지만 우주의 진리와 마주하고 싶다면 그런 사고방식은 버려야 해. 세상을 살아갈 때도 세상의 진실을 알기 바란다면 마찬가지란다.

그렇기 때문에 오늘 네가 스스로를 넓은 세상의 분자로 여겼다는 건 정말 큰 사건이란다. 나는 오늘 네가 겪은 일이 네 마음속에 깊은 흔적을 남기기를 바란다. 오늘 네가 느꼈던 감정, 네가 떠올렸던 생각은 아주 중요한 뜻을 담고 있단다. 네 인생의 관점이 천동설에서 지동설로 바뀐 것이니까.

외삼촌의 노트에는 이 밖에도 어려운 말들이 적혀 있었는데,

여기까지 설명해 놓은 것만 봐도 준이치가 왜 코페르라는 별명으로 불리게 되었는지는 충분히 이해할 수 있을 것이다. 외삼촌은 준이치가 이날의 경험을 잊어버리지 않도록 준이치를 "코페르니쿠스"라고 불렀다. 그것이 어느 사이엔가 "코페르"가 되었는데, 확실히 코페르니쿠스보다는 코페르가 부르기에 더 좋은 것 같다. 친구들이 어떻게 그런 별명이 붙었는지 물어볼 때 코페르가 쑥스러운 듯하면서도 즐거워 보였던 것은 바로 이 때문이다. 코페르니쿠스처럼 위대한 사람의 이름이 별명이 되었으니 기뻐할 만도 하겠지.

용감한 친구

　드넓은 세상에 살고 있다 하더라도 코페르는 이제 겨우 중학교 1학년이다. 코페르는 기껏해야 학교 친구들과 관계를 맺고 있을 뿐이다. 그래도 지금 코페르에게는 이 친구들이 가장 중요한 세상이다.

　이 세상에서 코페르와 특별히 친하게 지내는 친구가 둘 있다. 한 아이는 미즈타니다. 미즈타니는 코페르와 초등학교 동창으로 어릴 때부터 서로 집을 오갈 만큼 가까운 사이다. 또 한 아이는 갓찐이라는 별명으로 불리는 기타미다. 기타미와 코페르는 앞에서 잠깐 말했듯이 키가 비슷해서 늘 가까운 자리에 앉았기에 서로 이야기할 기회가 많았는데, 처음에 코페르는 기타미를 별로 좋아하지 않았다. 미즈타니는 몸매가 날씬하고 얼굴도 곱상하게 생긴 데다가 말수가 적어 어딘지 모르게 여자아이같이 내성적인데 기타미는 이와는 정반대다. 코페르만큼 키가 작고 몸집은 불독처럼 단단해 보이는데 무슨 일에나 사양이라는 것을 모른다. 생각나는 대로 무슨 말이든 입 밖에 내고, 한 번 말한 건 절대로 물리지 않는다.

"누가 뭐래도 난 싫어."

기타미 입에서 이런 말이 나오면 방법이 없다. 기타미는 이 "누가 뭐래도……." 하는 말을 입버릇처럼 달고 살았다. 고집을 부리기 시작하면 감당하기 어려울 때가 가끔 있어서 언제부턴가 "갓찐"이라는 별명이 붙었다. 코페르는 그런 기타미를 처음 봤을 때 아무래도 친하게 지내기는 어렵겠다고 생각했다.

남보다 고집이 세서 그렇지 갓찐은 정말 재미난 친구다. 언젠가 수업이 끝나고 코페르를 포함한 반 친구들과 갓찐은 토론을 했다. 토론 주제는 전류의 정체였다. 기타미는 전깃줄 같은 금속의 고체 속을 흐를 수 있는 물질은 없다고 주장했다. 따라서 전류는 빛이나 소리 또는 진동과 비슷할 것이라고 말했다. 코페르는 원자보다 더 작은 전자가 전깃줄 속을 흐른다는 것을 알고 있었다. 그래서 기타미에게 사실을 말해 줬는데 기타미는 도무지 믿으려고 하지 않았다.

"네가 잘못 읽은 거야. 첫째, 동으로 만든 철사 속에는 전류 같은 물질이 지나갈 틈이 없어. 그렇잖아? 난 누가 뭐래도 그런

건 인정할 수 없어."

그래서 코페르는 과학 잡지와 물리학 책에서 읽은 지식을 가져와 기타미에게 물질의 구조를 설명해 줬다. 모든 물질은 현미경으로도 보기 힘들 만큼 작은 원자로 만들어져 있으며, 그 원자는 이보다 더 작은 전자로 만들어졌으며, 이렇게 작은 전자이기 때문에 우리가 볼 때는 틈이 없는 것처럼 보이는 물질의 내부도 자유롭게 통과할 수 있으며, 엑스(X)선 같은 작은 진동이 일반 광선은 통과하지 못하는 물질을 통과하는 것이 그 예라고 설명해 주었다.

"그런가?"

갓찐은 여전히 미심쩍다는 표정을 지었다. 코페르는 마침 갖고 있던 《전기 이야기》라는 책을 가방에서 꺼내 전류에 대한 설명이 나와 있는 대목을 기타미에게 보여 주었다. 과학 박사가 쓴 책이었다.

"흐음."

기타미는 코페르가 가리키는 곳을 읽었다. 친구들은 제아무리 갓찐이라도 이제는 끽소리도 못할 거라고 생각하며 기타미가 어떤 반응을 보일지 궁금해했다. 이윽고 기타미가 고개를 들고 말하기 시작했다.

"음, 그렇단 말이지. 근데 누가 뭐래도……."

또 시작이구나, 하고 모두 기가 막히다는 듯한 얼굴로 기타미를 보고 있는데 기타미는 태연한 표정으로 말했다.

"내가……잘못 알고 있었군."

이 말을 듣고 모두 크게 웃었다. 코페르는 갑자기 갓찐이 마음에 들었다.

그러나 두 사람은 그러고 나서 어떤 사건 때문에 친해졌다. 코페르가 잊지 못하는 '유부(두부를 얇게 썰어 기름에 튀긴 음식) 사건'이다.

어느 날 교실에 들어가려는데 같은 반인 호리가 코페르에게 몸을 바싹 기대며 작은 목소리로 속삭였다.

"저기 말야, 우라가와 별명이 유부래."

"그래?"

코페르는 처음 듣는 이야기였다. 왜 그런지 문자 수다스럽기로 유명한 호리는 조금 능글맞게 웃으며 설명해 주었다.

"우라가와는 도시락 반찬으로 날마다 유부를 싸 온대. 그것도 조리지 않은 생유부래."

"흠."

"이번 학기 초부터 유부를 안 싸 온 날은 사흘밖에 안 된대. 오죽하면 우라가와 근처에서 유부 냄새가 난다는 거야."

들을수록 기분이 나빠지는 이야기였지만 그래도 코페르는 궁금한 게 있어서 물어보았다.

"그건 어떻게 알았어?"

"그게 있지……."

호리는 주위를 둘러보더니 목소리를 더욱 낮추었다.

"이건 비밀인데 우라가와 옆에 야마구치가 있잖아. 걔가 날마다 확인하고는 자기 친구들한테 알려 줬나 봐. 아직은 비밀이니까 그런 줄 알아. 나한테 들었다는 말, 아무한테도 해선 안 돼. 우라가와도 아직 모르고 있으니까."

코페르는 기분이 상했다. 남의 도시락을 몰래 훔쳐보는 야마구치도 야마구치지만 그 이야기를 듣고 재미있어하며 별명을 지어 퍼뜨리는 놈들도 어지간하다고 생각했다. 코페르는 유부를 먹어 본 적이 없다. 가끔 밥상에 올라오기는 하는데 젓가락을 대지 않았다. 코페르는 유부를 좋아하게 될 것 같지 않았다. 그런 유부를 우라가와는 날마다 생으로 먹는다고 하니 솔직히 처음에는 호기심이 생겼다. 하지만 자기도 모르는 사이에 그런 별명으로 불리고 있는 우라가와가 어쩐지 불쌍해서 호리처럼 낄낄거릴 수 없었다. 그렇지 않아도 우라가와는 지난 일 년 동안 모두에게 놀림을 받으며 걸핏하면 괴롭힘을 당했다.

하기는 우라가와를 보고 있으면 반 아이들에게 놀림을 받는 것도 무리는 아니라는 생각이 든다. 키는 반에서 중간쯤인데 윗몸이 유난히 길어 가뜩이나 헐렁한 교복이 더욱 우스꽝스럽게 보인다. 그런데 하필 모자만은 지독하게 작은 것을 고집하며 병정처럼 뒤집어쓰고 다닌다. 운동 신경에 문제가 있는지 공던지기나 달리기를 할 때 얼빠진 것처럼 행동하는 모습을 보면 아무리 잘 봐주려고 해도 만화를 흉내 내는 것 같다. 기계 체조 시간에 철봉을 붙잡고 거꾸로 오르는 연습을 할 때도 발을 철봉에 걸지조차 못한다. 엉덩이를 들썩이며 한참 낑낑거리다가 손에 힘이 빠져 철봉에 매달리거나, 어떻게든 발을 올려 보려고 애를 쓰다 그대로 떨어진다. 우라가와가 철봉에 매달려 버둥거리는 것을 보고 있으면 속으로는 다들 안됐다고 생각하면서도 웃음이 나와서 참지 못한다. 하는 수 없이 선생님이 엉덩이를 밀어 올려 주면 그제야 끙끙거리며 철봉 위로 올라간다.

만약 우라가와가 공부라도 잘한다면 이토록 바보 취급을 당하지는 않을 텐데 딱하게도 우라가와는 공부도 못한다. 게다가 수업 시간에 꾸벅꾸벅 조는 걸로 유명하다. 단 한 가지, 반 친구들보다 잘하는 과목이 있으니 바로 한문이다. 이상하게 한문만은 성적이 좋다. 주석 없이 한자가 가득한 본문도 술술 읽어 나간다. 그런데 중학생이 한문을 좋아해서 한문만 잘하면 오히려 동급생들에게 놀림감이 되기 쉽다. 중요한 영어와 수학은 제대로 따라가지도 못하면서 이상하게 한문만 잘하는 녀석. 반 친구들은 우라가와가 한문 성적이 좋은 것을 보며 그렇게 생각했다.

같은 반 아이들은 대부분 우라가와를 바보로 여겼다. 장난을 좋아하는 아이들은 싫증도 내지 않고 우라가와를 놀려 대며 우라가와가 난처해하는 것을 즐겼다. "우라가와, 가슴에 뭐 붙었어." 그 말을 듣고 우라가와가 내 가슴에 뭐가 붙었다는 거지, 하고 가슴을 확인하려고 턱을 끌어당겨 고개를 숙이면 아이들은 이때다 싶어 옷깃 사이로 목덜미에 모래를 집어 넣는다. 붓글씨 시간에 우라가와가 잠깐 자리를 비우면 어느새 붓이 없어진다. 우라가와가 당황하며 책상 밑을 뒤지면서 붓을 찾으면, "우라가와, 뭐 하는 거냐?" 하고 선생님이 주의를 준다. 우라가와는 더욱 당황하며 상황을 제대로 설명하지 못한다. "저기 붓이……." "붓이 어떻다는 거냐?" "붓이 안 보이는데요." "방금 전까지 썼잖아. 잘 찾아봐." 우라가와가 다시 한 번 책상 밑에 고개를 넣고 붓을 찾는 동안 옆자리나 앞자리에서 슬그머니 손 하나가 빠져나와 숨겨 둔 붓을 본디 자리에 갖다 놓는다. 우라가와가 고개를 들어 붓을 발견하고는 아, 누가 숨겼구나, 하고 깨달을 무렵이면 둘레 아이들은 모두 열심히 붓글씨를 쓰고 있다. 그러니 누가 그랬는지 짐작할 수도 없다. "어떻게 됐어? 있나?" 선생님이 물으면 우라가와는, "예, 책상 위에 있었어요." 하고 대답한다. "저렇게 정신이 없어서야." 결국 선생님에게 잔소리를 듣는 건 우라가와다.

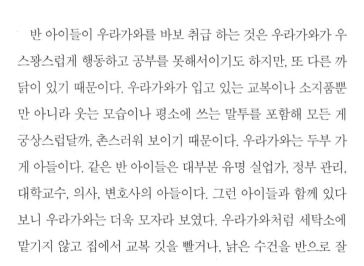

　반 아이들이 우라가와를 바보 취급 하는 것은 우라가와가 우스꽝스럽게 행동하고 공부를 못해서이기도 하지만, 또 다른 까닭이 있기 때문이다. 우라가와가 입고 있는 교복이나 소지품뿐만 아니라 웃는 모습이나 평소에 쓰는 말투를 포함해 모든 게 궁상스럽달까, 촌스러워 보이기 때문이다. 우라가와는 두부 가게 아들이다. 같은 반 아이들은 대부분 유명 실업가, 정부 관리, 대학교수, 의사, 변호사의 아들이다. 그런 아이들과 함께 있다 보니 우라가와는 더욱 모자라 보였다. 우라가와처럼 세탁소에 맡기지 않고 집에서 교복 깃을 빨거나, 낡은 수건을 반으로 잘라 손수건으로 쓰는 아이는 하나도 없다.

진구 구장만 하더라도 우라가와는 외야석밖에 모른다. 내야석에는 한번도 앉아 본 적이 없기 때문이다. 영화 이야기가 나와도 우라가와는 변두리 극장밖에 모르는데 같은 반 아이들은 시내 중심가에 있는 큰 극장 이야기만 하면서 떠들어 댄다. 긴자에는 이 년에 한 번 갈까 말까 한다. 긴자에 대해서는 아는 것이 거의 없다. 하물며 피서지, 스키장, 온천을 이야깃거리로 삼으면 끼어들 틈이 없다. 가만히 듣고만 있어도 혼자 따돌림당하는 것 같다.

우라가와도 따돌림당하거나 바보 취급 당할 때는 외롭고 억울한 생각이 든다. 하지만 외롭다거나 억울하다고 화를 냈다가는 아이들이 더욱 심하게 장난을 친다. 그것을 알고부터는 될 수 있으면 상대하지 않으려고 노력한다. 심한 장난을 당해도 비참한 기분이 드러나지 않도록 웃으면서 그 자리를 얼버무리려고 한다. 이렇게 되자 아이들은 우라가와는 무슨 짓을 당해도 화를 내지 않는다고 생각하게 되었다. 그러면서 장난은 점점 더 끈질겨졌다. 그래도 우라가와는 태도를 바꾸지 않았다. 정말 장난이 심할 때는 우라가와도 웃지 않았다. 금방이라도 눈물을 흘릴 것 같은 눈으로 장난친 아이를 잠깐 보다가 체념한 듯 자리를 피했다. 그럴 때마다 눈빛은 무척 슬퍼 보이는데 누군가를 미워하는 듯한 표정은 절대로 짓지 않았다.

'난 너희들을 싫어하지 않아. 너희들을 방해할 생각도 없어. 그런데 왜 너희들은 자꾸만 나를 괴롭히는 거니. 제발 나 좀 내버려 둬.'

우라가와가 자신을 괴롭힌 아이를 볼 때는 그 눈빛이 이렇게 말하는 것 같았다. 눈빛에서 증오 같은 감정이 느껴지지 않기에 분위기에 휩쓸려 같이 장난을 친 아이들은 씁쓸해진다. 장난친 것을 후회하는 마음이 들기 때문이다. 그래서 반 아이들은 대부분 덩달아 한두 번 장난을 쳐 보고는 금방 그만뒀다. 오직 야마구치 패거리만이 끈덕지게 우라가와를 괴롭혔다.

그러던 어느 날 일이 터졌다. 지난해 가을이다.

11월에는 반마다 장기자랑 같은 것을 한다. 장기자랑 계획은 학급위원이 짠다. 간단한 개회사, 연설, 낭독, 노래가 끝나면 다같이 차를 마시거나 과자를 먹고 헤어진다.

그때는 담임인 오가와 선생님 시간이었는데 선생님은 출연자를 미리 뽑으라고 공부를 반 시간만 했다. 학급위원이 투표지를 나눠 주자 오가와 선생님은 반장인 가와세에게 투표를 맡기고 잠깐 볼일이 있다면서 교실을 나갔다. 나가기 전에 다른 반은 아직 공부하고 있으니 떠들지 말라고 단단히 일렀다.

반 아이들은 투표지를 받고 누구를 뽑을까 고민했다. 코페르도 연필을 든 채 생각에 잠겼다. 그때 쪽지가 날아왔다. 쪽지는 보통 공부 시간에 책상 밑으로 은밀하게 주고받는다. 그런데 이날은 선생님이 안 계셔서 그런지 아이들은 쪽지를 책상 위로 자유롭게 넘기고 있었다. 쪽지에는 "유부한테 연설을 맡기자." 고 적혀 있었다. 보낸 사람이 누구인지 이름을 밝히지는 않았으나 야마구치 패거리 가운데 하나가 틀림없었다. 우라가와를 연단에 세워 놓고 놀리거나 야유를 퍼부어 우라가와가 허둥거리는 모습을 구경하겠다는 속셈이었다. 코페르는 내용을 확인하고는 뒷자리로 전달했다. 코페르는 쪽지에 적힌 대로 할 생각이 없었다. 조그만 종이는 책상에서 책상으로 차례차례 건네졌다. 코페르는 투표지를 앞에 두고 누구 이름을 적을지 고민하고 있었는데 방금 받았던 쪽지를 우라가와가 본다면 어떻게 될까, 하는 생각이 들었다. 우라가와는 유부라는 별명이 누구를 말하는지 모르기 때문에 그 쪽지를 보고 당황할 것이 분명하다.

'맞아, 그렇게 당황하는 걸 보려고 야마구치 패거리들이 계획한 거였어.'

코페르는 마침내 사실을 깨달았다. 고개를 들고 쪽지가 어디쯤 가고 있는지 살펴보았다. 조그만 종이쪽지는 벌써 우라가와 가까운 데까지 가 있었다. 두서너 자리만 지나면 우라가와 차례다. 코페르가 이를 확인했을 때
는 우라가와가 쪽지를 들고
있었다. 코페르의 자리는 교
실 뒤쪽이어서 우라가와가
쪽지를 받고 어떤 표정을
짓고 있는지는 보이지 않았
다. 하지만 무슨 뜻인지 모르겠다는 듯 잠깐 고개를 갸웃거리는
모습은 볼 수 있었다. 마침 우라가와 옆자리에 앉아 있던 야마
구치가 뒤를 돌아보며 아이들에게 혀를 내밀고 얼굴을 찡그렸
다. 아무것도 모르는 우라가와는 뒷자리로 쪽지를 돌렸다. 야마
구치는 또다시 혀를 내밀었다.

쪽지는 돌고 돌아 마침내 야마구치에게로 갔다. 야마구치는
일어서더니 반 아이들이 모두 들을 수 있게 큰 소리로 쪽지를
읽어 나갔다.

"유부한테 연설을 맡기자……. 유부가 누구야?"

여기저기에서 낄낄거리는 웃음소리가 들렸다. 야마구치는
더욱 우쭐해했다.

"누굴 말하는 거야?"

그렇게 말하고는 우라가와 쪽으로 몸을 돌리며 물어보았다.

"야, 우라가와. 넌 알고 있냐?"

우라가와는 생각지도 않은 질문을 받고 당황했다. 당황하며 얼굴을 야마구치 쪽으로 돌리고는 부끄러운 듯이 고개를 양옆으로 흔들며 대답했다.

"몰라."

야마구치 패거리들이 와, 하고 웃음을 터뜨렸다. 거기에 이끌려 다른 아이들도 소리 내어 웃었다. 그 웃음소리에 우라가와는 모든 진실을 알아차렸다. 얼굴빛이 확 바뀌었다. 우리 집에서 파는 것, 내 도시락! 그래, 유부는 바로 나였어! 우라가와는 얼굴이 점점 빨개졌다. 코페르가 앉아 있는 자리에서도 귀까지 빨개진 우라가와의 뒷모습이 보일 정도였다.

그때였다. 쾅, 하는 소리가 나더니 갓쩐으로 불리는 기타미가 자리에서 일어섰다.

"야마구치! 이 비겁한 놈아!"

기타미가 화를 내며 소리쳤다.

"이제 그만 못해!"

야마구치는 곁눈질로 기타미를 슬쩍 보고는 아랫입술을 삐죽 내밀며 흥, 흥, 하고 코웃음을 쳤다. 기타미는 더 못 참겠다는 듯 야마구치에게 달려들었다.

"유부라는 쪽지는 네놈이 만든 거지? 다 알아."

"아냐! 난 몰라."

"그럼 혓바닥은 왜 내밀었어?"

"상관 마."

야마구치가 대답하자마자 기타미의 주먹이 야마구치의 뺨에 탁, 하고 꽂혔다. 야마구치는 얼굴이 새파랗게 질렸다. 잔뜩 화 난 눈으로 기타미를 노려보며 퉤, 하고 침을 뱉었다. 침은 기타 미의 얼굴에 정통으로 맞았다.

"좋아!"

그렇게 외치며 기타미는 불독 같은 몸을 날려 야마구치의 가 슴팍으로 돌진했다. 의자 쓰러지는 소리가 들리고, 둘은 한데 뒤엉켜 책상 사이로 쓰러졌다. 야마구치가 벌렁 나자빠지자 기 타미가 잽싸게 그 위로 올라갔다. 키는 야마구치가 커도 힘에서 는 기타미한테 상대가 안 된다. 야마구치는 일어나려고 버둥거 렸지만 그대로 밑에 깔린 채 계속해서 머리통을 얻어맞았다. 기 타미는 야마구치의 교복 멱살을 붙잡고 위아래로 마구 흔들었 다. 그때마다 야마구치의 뒤통수가 바닥에 부딪혀 둔탁한 소리 가 났다. 거기까지는 코페르도 까치발을 하고 똑똑히 지켜보았 다. 하지만 반 아이들이 기타미와 야마구치 옆으로 우르르 몰려 드는 바람에 두 아이를 더 볼 수 없었다. 코페르도 잽싸게 달려 갔지만 두 사람 둘레에 아이들이 빼곡하게 모여 있어서 상황이 어떻게 돌아가는지 알 수 없었다. 코페르는 아이들을 밀쳐 내

며 안쪽으로 비집고 들어갔는데 뜻밖의 모습을 보았다. 좁은 책상 사이에서 방금 전과 똑같이 야마구치가 기타미에게 깔려 있는 게 보였다. 야마구치는 독이 오른 눈빛으로 기타미를 노려보고 있었다. 기타미도 여전히 야마구치를 몸으로 누르고 있었다. 그런데 기타미 등에 우라가와가 매달려 있었다.

"기타미, 그러지 마. 이제 그만 해."

우라가와는 그렇게 말하면서 또다시 주먹을 들어올리는 기타미를 열심히 말리고 있었다. 우라가와는 당장이라도 울 것처럼 말했다.

"제발 부탁이야. 그만 놔줘."

반장인 가와세도 기타미를 말렸다. 기타미는 숨을 헐떡거리며 말없이 야마구치를 노려볼 뿐이었다.

그때 선생님의 목소리가 들렸다.

"뭣들 하는 거야!"

아이들은 모두 입을 다물고 서로 얼굴만 보았다.

"모두 자리로 돌아가."

아이들이 재빨리 자리로 돌아가자 기타미도 야마구치를 붙잡고 있던 손을 놓고 일어섰다. 기타미 손에서 피가 흘렀다. 밑에 깔린 야마구치가 기타미의 손등을 손톱으로 할퀴었기 때문이다. 기타미가 자리로 돌아가자 야마구치도 씩씩거리며 자기 자리로 돌아갔다.

모두 자리에 앉기를 기다려 오가와 선생님이 말했다.

"무슨 일이 있었던 거야? 조용히 하라고 그렇게 일렀는데도 내가 자리를 비우자마자 이 난리를 피우다니. 이런 주제에 어디 가서 중학생이라고 떠들 수나 있겠어? 다른 반이 공부를 하고 있다고 생각했다면 아무리 사정이 있더라도 이렇게 시끄럽게 떠들어 대지는 않았을 거다."

선생님은 야마구치와 기타미를 번갈아 보며 말을 이었다.

"서로 주먹을 휘두르며 싸워야 할 까닭이 세상엔 그리 많지 않을 거다. 너희 둘은 뭣 때문에 싸웠어?"

두 아이는 약속이나 한듯 입을 굳게 다물었다.

"좋아, 까닭은 나중에 듣지. 그럼 누가 먼저 싸움을 걸었는지 말해 봐."

"접니다."

기타미가 큰 소리로 대답했다.

"그래? 네가 먼저 때렸다는 거지? 말로 해결될 일이 아니었나?"

"예, 그렇게 생각했습니다."

"까닭이 뭐지? 네가 그렇게 화를 낸 건? 설마 아무 까닭도 없이 같은 반 친구를 때린 건 아니겠지?"

"……."

"말해 봐, 왜 싸웠는지."

"……."

기타미는 여전히 아무 대답도 하지 않고 잠자코 있었다.

"솔직히 말해 보라니까. 네가 먼저 싸움을 걸어서 이렇게 법석을 피웠으니 당연히 네가 책임져야 한다. 하지만 너희들은 아직 어려. 배우고 있는 학생들이야. 화가 나는 걸 참지 못했다고 널 혼낼 생각은 없어. 그럴 수밖에 없었다고 받아들일 수 있는 까닭이 있다면 선생님도 이해할 수 있어. 앞으로 조심하면 되는 거니까. 자, 왜 싸웠는지 말해 봐."

그런 말을 듣고도 기타미는 고개를 숙인 채 대답하지 않는다. 코페르는 기타미가 왜 싸운 까닭을 설명하지 않는지 이해되지 않았다. 사실대로 말하면 야마구치 패거리들이 비열하게 행동한 게 밝혀져 기타미가 혼나지 않아도 될 텐데, 왜 선생님한테 똑바로 말하지 않는지 알 수 없었다.

"말할 수 없다는 거야? 가와세, 너한테 물어보지. 네가 본 대로 이야기해 봐."

선생님이 이렇게 말했을 때 마침 쉬는 시간을 알리는 종이 울렸다. 선생님은 야마구치와 기타미, 가와세 셋만 교실에 남고 모두 운동장으로 나가라고 말했다.

운동장에 나와서도 코페르는 선생님이 어떤 판결을 내릴지 궁금해서 견딜 수 없었다. 그래서 학교 건물로 드나드는 문 옆에 있는 벽오동 밑에서 미즈타니와 이야기하며 세 아이들이 나오기를 기다렸다. 세 아이는 다음 시간 수업 종이 울리기 바로 전에 밖으로 나왔다. 가장 먼저 잔뜩 긴장한 얼굴을 하고 있는 가와세가 보였다. 반 아이들은 가와세 옆에 모여 선생님이 어떤 판결을 내렸는지 열심히 물어봤다. 이어서 야마구치가 나왔다. 야마구치 패거리 네다섯 명은 야마구치를 둘러싸고 자기네들끼리 소곤소곤 이야기하다가 볼멘 얼굴을 한 야마구치를 가운데 세우고 운동장 저쪽으로 가 버렸다. 맨 마지막에 기타미가 나왔다. 코페르는 기타미가 환한 얼굴로 휘파람을 불며 나오는 것을 보고 안심했다. 많이 야단맞은 것 같지 않았다. 우라가와가 가장 먼저 기타미에게 달려갔다. 걱정되는 듯 무엇인가 열심히 물어봤는데 아마도 기타미가 걱정하지 않아도 된다고 말한 것 같았다. 우라가와는 고개를 들고 기쁜 듯이 반 아이들이 있는 곳을 바라보았다. 우라가와가 학교에서 이렇게 밝은 표정을 지은 건 그때가 처음이었다. 반장인 가와세가 앞뒤 사정을 자세히 설명한 덕분에 선생님은 사실을 모두 알게 되었고 야마구치만 심하게 혼이 난 모양이다. 기타미도 주의를 받았지만 야마구치에 대면 별것도 아니었다고 한다.

그날 학교 공부가 끝나고 코페르는 기타미와 나란히 집으로 돌아갔다. 선생님이 왜 싸웠냐고 물어봤을 때 왜 사실대로 말하지 않았냐고 물어봤다.

"그건 일러바치는 것밖에 안 돼. 난 그런 짓하는 건 싫어."

기타미는 그렇게 말하면서 반창고를 붙인 손으로 뺨을 매만졌다.

코페르는 기타미와 전차 정류장에서 헤어질 때 말했다.

"이번 일요일에 우리 집에 안 올래? 미즈타니도 오기로 했어."

외삼촌의 노트

훌륭해 보이는 사람과 훌륭한 사람

코페르.

어제 네가 흥분해서 들려준 '유부 사건'은 나도 무척 재미있게 들었단다. 네가 기타미의 편을 들면서 우라가와의 처지를 동정하는 것을 보고 내심 기뻤단다. 만약에라도 네가 야마구치의 친구이고, 선생님께 실컷 야단맞고 나온 야마구치 패거리들과 어울려 슬금슬금 운동장 구석으로 도망쳤다고 생각해 보렴. 엄마와 외삼촌이 얼마나 괴로웠겠니.

엄마와 나는 네가 훌륭한 사람으로 자라기를 바라면서 마음속으로 열심히 응원하고 있단다. 돌아가신 아버지의 마지막 희망도 바로 그것이었어. 다행히도 네가 비열한 짓을 싫어하고, 변명을 미워하고, 남자답게 자기가 한 일에 책임질 줄 아는 용기를 존경하는 걸 보고 있으면 뭐라고 해야 할까, 안심이 되는구나. 너한테는 아직 한번도 말한 적이 없지만 네 아버지는 돌아가시기 사흘 전에 나를 불러 너를 부탁하면서 여러 가지 말씀을 하셨단다. 네가 앞으로 어떤 사람이 되기를 바라는지 모두 나에게 말씀해 주셨어.

"난 그 아이가 당당한 남자로 자라면 좋겠어. 한 사람으로서 훌륭하게 살면 좋겠어."

그 말을 나는 여기에 기록해 두려고 해. 너는 아버지가 말씀하신 것을 마음속 깊이 새기고 절대로 잊어서는 안 돼. 나도 네 아버지가 그날 부탁한 것을 잊지 않고 가슴에 새겨 두려고 한다. 언젠가 네가 이 노트를 보게 될 날을 생각하면서 이렇게 여러 가지 말을 써 두는 것도 네 아버지가 부탁한 것을 기억하고 있기 때문이야.

너도 이제 많이 자랐으니 세상과 사람의 일생에 대해 진지하게 생각할 때가 있을 거야. 나도 이런 문제에 대해서는 반쯤 농담으로 어영부영 넘어갈 게 아니라 너와 진지하게 이야기해 봐야 한다고 생각해. 이런 일 속에서 배우고 깨닫지 않는다면 훌륭한 사람이 될 수 없다고 믿기 때문이란다. 그렇기는 해도 "이 세상은 이런 거란다. 이런 세상 속에 인간이 살고 있는 것에는 이런 뜻이 담겨 있단다." 하고 한마디로 설명하기는 어렵겠지. 만에 하나 설명할 수 있는 사람이 있더라도 그 설명을 듣고 아, 그런 거구나, 하고 모두 이해할 수 있는 것도 아니지. 영어와 기하와 대수라면 나도 가르쳐 줄 수 있어. 하지만 사람이 모여 세상을 만들고, 그 속에서 한 사람, 한 사람이 자기 삶을 짊어지고 살아간다는 것이 어떤 뜻인지, 또 어떤 가치가 있는지 물어본다면 아무리 나라도 가르쳐 줄 수 없단다. 그건 너 스스로 어른이 되는 과정 속에서, 아니, 어른이 되고 나서도 계속해서 발견하고 깨닫고 배워야만 하는 문제야.

물이 산소와 수소로 이루어졌다는 것쯤은 너도 알고 있겠지. 그 비율이 1 대 2라는 것도 알고 있을 거야. 이런 사실은 말로 설명을 듣는 것보다는 실험을 하면서 눈으로 확인해 보아야만 아, 그렇구나, 하고 고개를 끄덕이게 된단다. 차가운 물에서 어떤 맛이 나는지는 네가 마셔 보지 않고서는 절대로 알 수 없어. 누가 제아무리 자세히 설명해 줘도 진짜 물맛은 마셔 본 사람만이 알 수 있어. 마찬가지로 태어나면서부터 시력을 잃어버린 사람에게는 빨간색이 어떤 색인지 아무리 설명해 줘도 이해하지 못해. 눈을 뜨고 자기 눈으로 보지 않고서는 빨간색을 이해했다고 할 수 없어. 인생에는 이런 경우가 아주 많단다.

그림이나 조각, 음악에서 받는 감동이라는 것도 자기가 체험했을 때 깨달을 수 있어. 예술이란 것을 만나 본 적이 없는 사람은 네가 예술 작품에서 느낀 감동을 설명해 주어도 이해하지 못해. 더구나 마음으로 느끼는 감동은 눈으로 보고 귀로 들었다고 해서 모두 맛볼 수 있는 것은 아니야. 예술을 이해하기 위한 마음의 눈, 마음의 귀가 제대로 열린 사람이 아니라면 절대로 이해하지 못해. 마음의 눈과 마음의 귀는 훌륭한 예술 작품을 감상하고 감동한 경험이 있어야만 열려. 인간이 만든 예술 작품도 이와 같은데 하물며 세상을 살아간다는 것에 얼마나 큰 뜻이 담겨 있는지는 네가 사람답게 살아 보고 그런 시간 속에서 가슴으로 느껴 보아야만 깨달을 수 있단다. 네 옆에 아무리 위대한 사람이 있다 하더라도 그 사람에게 네 삶의 가치를 배울 수는 없단다.

다행히 예부터 수많은 철학자와 종교인들이 사람다운 삶에 대한 지혜와 잠언을 남겨 놓으셨어. 지금도 많은 문학가와 사상가들이 사람다운 삶이라는 문제 앞에서 고민하고 있단다. 그리고 작품과 논문으로 자신들이 깨달은 비밀을 쏟아 내고 있지. 종교인들은 사람들 앞에서 설교를 하지는 않지만 자신들이 찾아낸 인생의 지혜를 글로 남겨 놓았어. 너도 이제는 조금씩 그런 책들을 읽으면서 훌륭한 사람들의 생각을 배울 때가 되었는데 그렇더라도 마지막 열쇠는 코페르, 바로 너 자신이란다. 너 말고는 아무도 없어. 네가 인생을 살고, 인생에서 여러 가지를 체험하고, 체험하면서 생각한 것을 위대한 사람들이 남긴 지혜와 견주어 볼 때 비로소 그 사람들이 한 말을 이해할 수 있을 거야. 인생은 수학이나 과학하고 달라서 책만 공부해서는 정답을 배우지 못해.

인생에서 중요한 건 어느 때나 네가 느낀 진심, 네 마음을 움직이는 생각이란다. 그런 감정에서 비로소 의미를 생각할 수 있는 거란다. 네가 무언가를 절실히 느꼈거나 마음속으로 생각한 것이 있다면 그런 느낌이나 생각을 절대로 속여서는 안 돼. 어떤 일에서 또는 어떤 문제에서 네가 어떤 생각을 하게 되었는지 늘 기억해 두렴. 언제, 어느 곳에서 어떤 감동을 받았다는, 인생에서 되풀이되지 않는 오직 단 한 번뿐인 경험에서 의미를 찾을 수 있을 거야. 그것들이 모여 언젠가는 너만의 사상을 이루겠지. 다른 표현을 빌리자면 네가 체험한 데서 출발해 솔직하게 생각하라는 것인데, 코페르! 이건 정말 중요한 일이란다. 여기에 거짓이 있어서는 안 돼. 조금이라도 거짓이 섞여 있다면 네가 아무리 위대한 것을 생각했다고 해도 모두 거짓이 되어 버린단다.

나와 네 엄마는 돌아가신 네 아버지와 함께 네가 훌륭한 사람으로 자라기를 바라고 있어. 세상에서도, 사람으로서 살아갈 때도 너만의 가치관을 갖고 그 가치관대로 실천하기를 바라고 있단다. 그만큼 내가 지금 하고 있는 이야기를 네가 잘 이해할 수 있기를 바란단다. 나도 그렇고, 엄마도 그렇고 네가 훌륭한 사람으로 자라기를 바란다고 했지만 공부를 잘하고, 예의 바르고, 선생님과 친구들 사이에서 평판이 좋은 모범생이 되라는 뜻은 아니야. 또 세상 사람에게 비난받지 않고 사회에서 성공한 사람이 되라고 부탁하는 것도 아니야. 공부를 잘한다면 좋겠지. 또 나쁜 길로 빠지지 않고 사람들에게 비난받지 않을 만큼 행동하면 좋겠지만 너한테 바라는 게 그것만은 아니야. 그 전에 더 중요한 게 있단다.

초등학교 시절부터 도덕 시간에 이미 배웠을 테니 사람으로서 지켜야 할 도리에 대해서는 내가 말하지 않더라도 많이 알고 있을 거야. 사람의 도리라는 건 어느 한 가지도 함부로 여겨서는 안 될 귀중한 책임이란다. 도덕 시간에 배운 것처럼 정직하고 근면하고 자신을 다스릴 줄 알고 의무를 지키고 질서를 중히 여기고 사람들에게 친절을 베풀고 검소하기까지 하다면……, 나무랄 데 없는 완벽한 사람이겠지. 이런 인격자라면 당연히 사람들이 존경할 테고, 또 존경받아 마땅하다고 해야 할 거야. 그런데 그 이전에 네가 생각해 볼 문제가 있단다.

네가 학교에서 배운 대로 또는 세상이 인정하는 대로만 살아간다면 언제까지나 자립한 사람이 될 수 없단다. 어린아이일 때는 그렇게만 해도 돼. 하지만 지금 네 나이라면 그것만으로는 모자란단다. 중요한 건 세상의 눈이 아니라 네 눈이야. 네 눈이 무엇에서 사람의 훌륭함을 찾고 있는지, 그것을 네 영혼이 알고 있어야 한단다. 그리고 진심으로 네가 생각하는 훌륭한 사람이 되고 싶다는 꿈을 가져야 해. 좋은 것을 좋다고 말하고, 나쁜 것을 나쁘다고 말할 수 있을 때도, 네가 그것을 좋아한다고 확신할 때도 그 감정은 언제나 네 마음 깊은 곳에서 우러나오는

52

것이어야 한단다. 기타미를 따라 하라는 것은 아니지만 삶에는 "누가 뭐래도" 하는 오기가 필요하단다. 그렇지 않고서는 나와 네 엄마가 바라는 것처럼 훌륭한 사람은 될 수 없어. 네가 훌륭한 사람이 되기를 꿈꾸면서 열심히 노력하더라도 단지 겉으로 '훌륭해 보이는 사람'이 될 뿐 네 자신에게 떳떳한 '훌륭한 사람'은 되지 못한단다. 세상에는 다른 사람의 눈을 의식하며 훌륭한 일을 하는 사람들이 많단다. 그들은 남들 눈에 비치는 자기 모습에만 신경 쓰다가 결국 진짜 나는 누구인지 잊어버리고는 하지. 나는 네가 그런 사람이 되지 않기를 바란다.

코페르, 다시 한번 말하는데 네 마음이 감동받을 때와 네 마음이 움직이는 순간을 소중히 간직하렴. 그 기분을 잊지 말고 언제나 그 뜻을 생각해 보도록 해.

너에게는 오늘 쓴 글이 조금 어려울지도 모르겠구나. 간단히 말하자면 여러 가지를 경험하다 보면 그때마다 네 마음속에서 들리는 소리가 있을 거야. 그 소리가 네 진심이란다. 네 진심에 늘 귀를 기울이며 살아가기를 바란다.

그럼 이쯤에서 '유부 사건'을 다시 생각해 볼까?

그때 너는 무엇을 보고 마음이 움직였지? 기타미가 한 행동에 왜 너는 감동했을까? 우라가와가 기타미를 말리는 것을 보고 왜 네 마음이 그토록 움직였는지 한번 잘 생각해 보라는 뜻이야.

우라가와가 자신감이 조금 부족하다고 느낀 것 같은데 나도 그렇게 생각한단다. 우라가와가 용감했다면 아이들이 그렇게 괴롭히지는 않았겠지. 우라가와와 같은 처지에서 의지를 꺾지 않고 야마구치 같은 아이들이 치는 장난을 물리치는 사람이 있다면 그런 사람이야말로 영웅이겠지. 우라가와가 영웅이 아니라고 우라가와를 비난해서는 안 돼. 우라가와 같은 아이는 둘레에서 좀 더 너그러운 눈길로 바라보아야 한단다. 우라가와는 자신을 괴롭힌 야마구치를 용서해 달라고 부탁할 만큼 너그럽고 다정했어. 너도 그 마음에 대답하는 것이 도리가 아닐까.

뉴턴의 사과와 분유

약속한 일요일은 가을답게 날씨가 화창했다.

미즈타니와 기타미는 일찌감치 점심을 먹고 코페르네 집에 한 시쯤 오기로 약속했다. 코페르는 아침부터 마음이 잔뜩 들떴다. 낮에 어머니와 마주 앉아 밥을 먹으면서도 지금 당장 초인종이 울리지는 않을까 싶어 안절부절못했다. 반찬과 밥을 잇따라 입에 넣으며 제대로 우물거리지도 않고 자꾸 벽시계만 쳐다보았다. 그 모습을 보고 마침내 어머니도 웃음을 터뜨렸다.

"덤비지 말고 천천히 먹어. 아까부터 시계를 몇 번이나 봤는지 알아? 열다섯 번은 될 거야."

"거짓말."

코페르는 얼굴이 조금 빨개졌다.

"아직 열 번이야."

"열 번이면 많은 거 아니니? 저 봐, 또 보네!"

"아니야, 지금은 달력을 본 거야. 엄마, 교활해."

"또 그런 말을……. 자, 얼른 차나 마셔. 그러다가 체할라. 걱정하지 않아도 좀 있으면 올 거야."

밥을 다 먹었다. 한 시 이십 분 전이다. 코페르는 방바닥에 벌렁 누워 신문에 나온 여섯 개 대학 리그전 소식을 보았다. 한 시 십사 분 전. 일요 만화를 빠짐없이 보았다. 한 시 십 분 전. 동물원 방문기를 읽었다. 한 시 칠 분 전.

"에이."

코페르는 신문을 내던지며 중얼거렸다.

"뭐 하는 거니?"

어머니가 코페르를 보며 웃고 있다.

"대체 누가 오길래 그렇게 기다리는 거니? 엄마가 제대로 대접도 못 하는 거 아니야?"

시계의 긴 바늘이 열한 시 쪽으로 기울어진다. 드디어 찰칵, 소리가 나면서 시계가 한 번 울렸다. 오후 한 시다. 코페르는 전차 정거장까지 나가 볼까,

생각했다. 마침 그때 초인종이 울렸다.

코페르가 현관으로 달려가자 기타미가 서 있는 게 보였다. 기타미는 정확하게 한 시에 맞춰 어깨를 으쓱거리며 집으로 들어섰다. 십오 분쯤 지나 미즈타니도 왔다. 셋은 이 층 코페르 방에서 세 시까지 신나게 놀았다. 트럼프, 공놀이, 장기, 셜록 홈스 놀이…… . 무엇을 하든 재미있다. 미즈타니와 둘이 놀 때는 재미있기는 해도 조용했는데 이날은 기타미가 끼었기 때문에 무척이나 시끄러웠다. 세 사람은 배가 아파 뒹굴 때까지 웃어 댔다. 그렇게 방에서 놀고 나서 코페르가 물었다.

"소케이센(와세다 대학과 게이오 대학의 정기전. 주로 야구 경기를 일컫는다) 들을래?"

"소케이센이라니, 음반에 녹음한 거?"

"아니, 라디오 중계. 내가 하는 거야."

"뭐라고?"

코페르는 라디오 상자를 책상 위로 옮겼다. 그러고는 보자기를 뒤집어쓰고 책상 뒤에 쪼그려 앉았다. 이윽고 코페르는 방송을 시작했다.

"……하늘은 짙푸르고, 바람은 잔잔하고, 진구 구장에는 모래 먼지 하나 날리지 않습니다. 센터 뒤에서 일장기(일본 국기)

가 가만히 펄럭이고 있을 뿐, 야
구 경기에는 정말 좋은 날씨
입니다. 요즘 들어 야구 경
기에 가장 알맞은 날씨입니
다……."

"잘하는데!"

기타미가 소리쳤다.

"성북의 영웅, 와세다! 성남의 영웅, 게이오!"

코페르는 칭찬하는 말에 신이 나서 목소리에 잔뜩 힘을 넣는
다.

"양웅의 싸움이 야구계의 꽃으로 일컬어진 지 어언 30년! 지
금도 이 일전은 전국에 있는 수백 만 팬들을 열광하게 합니다.
모교의 명예, 교우들의 기대 그리고 30년의 전통. 생각해 보면
이 일전은……."

과연 자랑할 만한 솜씨다.

"……열전을 삼십 분 앞둔 진구 구장은 기대와 감격으로 소
용돌이치고 있습니다. 이른 아침부터 경기장을 둘러싼 관람석
은 수많은 관중들로 가득 차 현재 송곳 하나 꽂을 틈이 없습니
다. 두 학교 응원단도 내야와 외야의 지정석이 부족할 만큼 모
였습니다. 3루는 게이오, 1루는 와세다. 두 곳 모두 브라스밴드

를 동원하여 경기 전부터 기세를 올리고 있습니다⋯⋯."

"선수는 어딨어?"

미즈타니가 물었다.

"곧 나올 거야."

라디오 뒤에서 대답이 돌아왔다.

"아, 1루 쪽에서 와세다 선수들이 들어옵니다. 와세다 선수 들어옵니다. 모두 짙은 회색 유니폼을 입고 있습니다. 모두 일어납니다! 모두 일어납니다! 들어보십시오. 우레와 같은 박수 소리입니다. 와세다 응원단이 모두 일어섰습니다. 선수들을 맞이하는 대합창입니다."

여기에서 코페르는 있는 힘껏 노래를 불렀다.

"짙푸른 하늘, 우러러보이는 태양. 끝없이 빛나는 전통 아래⋯⋯."

기타미도 코페르를 따라 노래를 불렀다.

"빛나는 정의, 투지는 불타고. 이상의 왕좌를⋯⋯"

그러나 둘이서 응원단의 분위기를 전달하기는 쉽지 않았다. 기타미가 큰 소리로 외쳤다.

"와세다, 와세다! 승자 와세다!"

"⋯⋯이어서 3루 쪽 게이오 선수들 들어옵니다. 모리다 감독을 앞세우고 게이오 선수단 들어옵니다. 선수들을 맞이하는 게

이오 응원단의 합창! 들어보십시오. 정말 멋진 합창입니다!"

코페르는 목소리를 조금 바꿔 고음으로 노래를 불렀다.

"젊은 피에 불타는 자. 빛으로 넘치는 우리들."

그러자 미즈타니도 아름다운 목소리로 따라 불렀다.

"희망의 밝은 별 우러러보며 승리를 향해 나아간다. 우리들의 힘. 항상 새롭다. 보라, 정의의……."

라디오 방송은 계속된다.

"양군이 연습을 시작합니다. 와세다 선수들이 운동장에 뿔뿔이 흩어집니다. 프리 배팅입니다. 여기에서 잠깐 양군의 과거 전적을 말씀드리자면 1905년……."

"그건 됐어."

기타미가 라디오 방송을 중간에 잘랐다.

"하지만 이걸 말해 주지 않으면 소케이센 같지가 않아."

라디오가 불평을 한다.

"그래도 괜찮아. 빨리 경기나 해."

"그래? 알았어, 그렇게 할게……."

라디오는 모처럼 지식을 자랑할 수 있는 좋은 기회를 살리지 못해 조금 억울했지만 기타미가 주문한 대로 경기 중계를 시작했다.

"경기가 곧 시작될 것 같습니다. 선공은 와세다. 게이오가 수

비입니다. 게이오의 투수는 구쓰모토 선수. 마운드에 올라가 웃고 있습니다. 와세다의 1번 타자 사다케 선수가 타석에 들어왔습니다. 플레이 볼!"

갑자기 코페르가 웅웅거리는 콧소리를 흉내 냈다.

"위이잉……. 위이잉……."

경기 시작을 알리는 사이렌 소리다.

이렇게 해서 경기를 시작하는데 회가 거듭될수록 대혼란이었다. 처음에는 두 팀 모두 득점 없이 끝나는 회도 있었는데 4회에서 와세다가 먼저 점수를 따면서 회마다 양 팀에서 안타가 나오고 득점이 쏟아졌다. 게이오가 1점 또는 2점을 올리기라도 하면 기타미는, "그렇게 하지 마. 재미없잖아." 하고 불만을 제기한다. 그래서 코페르는 게이오의 실책을 틈타 와세다에게 1, 2점을 선물한다. 그러면 이번에는 미즈타니가, "게이오는 그런 실책 안 해." 하고 항의한다. 아나운서를 맡은 코페르는 두 청취자를 만족시키면서 경기를 끌고 나갈 생각이었는데 아무래도 쉽지 않을 것 같았다. 청취자들이 내는 의견을 반영하다 보니 아무래도 경기는 점점 더 치열해졌다. 서로 앞서거니 뒤서거니 하는 사이에 마침내 9회 말이 되었다. 와세다 수비, 게이오 공격. 와세다가 1점 앞서 나가고 있다.

"주자 1, 3루! 게이오의 타자는 주장 가치가와! 수비의 핵심이자 타자로서도 3번이라는 중책을 맡고 있는 최고 선수 가치가와! 아웃 카운트는 투 아웃이지만 주자 3루. 원 히트 원 런의 기회! 여기에서 안타 하나면 동점입니다. 볼 카운트는 원 쓰리. 노련한 와카하라는 고의로 사구를 내주고 나서 다음 타자를 상대할지도 모릅니다."

"안 돼! 무조건 삼진이야."

기타미가 외쳤다.

"와카하라가 마운드에 섰습니다. 3루를 견제하고 제 5구. 던졌습니다, 던졌습니다. 제대로 맞았습니다! 공은 좌익수 쪽으로 쭉쭉 뻗어 갑니다. 좌익수 열심히 백, 백, 백! 넘겼습니다. 공이 좌익수 머리 위를 넘어 펜스 밑으로 굴러갑니다. 3루 주자 홈인, 1루 주자 달립니다. 3루를 지났습니다. 아, 홈을 밟았습니다! 홈인! 게이오 승리, 게이오 승리, 게이오 승리! 가치가와, 회심의 3루타, 게이오 2점 획득으로 승리! 위이잉…… 위이잉……."

안타깝게도 라디오는 사이렌을 끝까지 울릴 수 없었다. 기타미가 라디오를 덮쳐 버렸기 때문이다.

"야, 라디오! 조용히 못해!"

기타미는 보자기를 뒤집어쓰고 있는 코페르의 머리를 보자기째 눌러 버렸다.

"아, 큰일났습니다, 큰일났습니다!"

코페르가 보자기 속에서 외쳤다.

"지금 막 흥분한 관중이 뛰어들어 왔습니다."

"가만 안 있어? 그만하라고."

"픽……. 픽……. 이 관중은 와세다 팬입니다."

"이게!"

기타미는 얼굴이 새빨개질 만큼 웃음을 참으면서 코페르를 마구 눌렀다. 코페르는 눌리면서도 중계를 포기하지 않는다.

"관중이……방송을……방송을 방해하고 있습니다. 아나운서는……지금……열심히 방송을!"

기타미가 참지 못하고 웃음을 터뜨렸다. 그 틈에 코페르가 일어나려 해서 둘은 한데 뒤엉켜 책상 옆으로 쓰러졌다. 미즈타니가 라디오 상자가 책상 밑으로 떨어지는 것을 보고 잽싸게 몸을 날려 받아 냈다. 기타미가 손을 풀어 주자 코페르는 머리를 덮고 있던 보자기를 치웠다. 둘은 다다미 위를 구르면서 계속 웃어 댔다. 코페르가 머리를 기타미의 배 위에 올려놓아 기타미가 웃을 때마다 머리가 흔들렸다.

"아, 힘들다."

코페르는 축 늘어져 지친 표정을 지었다. 기타미도 팔을 내려놓고 거친 숨을 들이켰다. 미즈타니도 아, 하면서 옆에 드러누

웠다. 셋은 한동안 가만히 누워 있었다. 서로 말할 필요도 없었다. 같이 누워만 있어도 즐겁다. 맑은 가을 날이다. 열린 미닫이문 사이로 복도 저쪽에 정원수로 둘러싸인 이웃집 지붕이 조금 보일 뿐 그 너머는 푸르고 맑은 하늘만 있다. 풀솜을 뭉쳐 놓은 듯한 구름이 모양을 바꾸면서 하늘을 떠다닌다. 코페르는 저 멀리 지나가는 전차 소리에 귀를 기울였다.

미즈타니와 기타미는 저녁이 되어 돌아갔다.

라디오 중계로 소케이센을 듣고 나서 셋은 빈터에서 저녁까지 캐치볼도 하고 수비 연습도 했다. 집에 돌아와 신나게 떠들며 저녁을 먹는 동안 어느새 날이 저물었다. 마침 그때 외삼촌이 놀러 왔고 네 사람은 또다시 즐겁게 떠들어 댔다. 하지만 미즈타니도, 기타미도 이제 겨우 중학교 1학년이다. 늦게까지 친구 집에서 놀 수는 없다. 저녁 일곱 시를 알리는 종소리를 들으며 둘은 자리에서 일어났다. 외삼촌과 코페르가 두 사람을 바래다주려고 따라 나왔다.

달밤이다. 달은 아직 하늘 한가운데 떠오르지는 못하고 느티나무의 굵은 줄기 옆에서 반들반들한 얼굴을 내밀고 있다. 보름달이 조금 못 된 밝은 달이었다. 산울타리가 길게 늘어선 어두운 샛길을 걸어가자 느티나무 가로수 사이로 달빛이 새 들어와 네 사람의 얼굴을 비췄다, 지웠다, 했다. 밤공기에 젖은 기와지붕은 비를 맞은 것처럼 빛나고, 슬슬 외투 생각이 날 만큼 공기가 차가웠다. 고개를 들어 올려다보니 키가 큰 느티나무 꼭대기에 있는 가지들이 잎을 다 떨어뜨려 하늘이 훤히 보였다. 느티나무 위로 펼쳐진 밤하늘은 빨려 들 것처럼 짙은 쪽빛이었다. 별은 바늘 끝에 색을 묻혀 하늘에 찍어 놓은 것처럼 높은 곳에서 작게 빛나고 있었다.

'아름답다.'

코페르는 생각했다. 몸에 스며드는 한기를 떠올리면 가만있어도 몸이 오싹거리지만 그래도 가을 하늘은 한 번쯤 깊게 숨을 들이마셔 보고 싶을 만큼 맑고 조용하다.

네 사람은 조용한 주택가를 지나 정거장까지 천천히 걸어갔다. 정거장 가까이 있는 번화가가 나오려면 조금 더 가야 한다. 미즈타니가 코페르를 불렀다.

"아까 들은 얘기 넌 알겠어? 뉴턴 말이야."

"아니."

"이해가 잘 안 돼. 무슨 뜻일까?"

미즈타니는 달을 올려 다보았다. 달빛이 미즈타 니의 하얀 얼굴에 가득 찬 다. 코페르도 고개를 들어 달을 보았다. 어깨를 축 늘 어뜨린 달이 입을 꾹 다문 채 허공에 걸려 있다. 코페 르는 자기네들이 서 있는 이곳에서 달까지는 거리가 너무 멀다 고 생각했다.

'저 먼 거리를 지나 지구에서 달까지 눈에 보이지 않는 힘이 작용하고 있다.'

코페르는 뭐라 말하기 힘든 아득한 기분에 휩싸였다. 그래서 외삼촌에게 말했다.

"외삼촌, 아까 그 이야기, 뉴턴 이야기 다시 설명해 줘."

뉴턴 이야기란 저녁을 먹고 나서 과일을 먹다가 외삼촌이 꺼 낸 이야기다. 외삼촌은 사과를 깎으며 말했다.

"뉴턴의 사과는 너희들도 아는 이야기지? 떨어지는 사과를 보고 만유인력을 떠올렸다는 얘기 말이야. 떨어진 사과를 보고 뉴턴이 왜 그런 생각을 하게 됐는지 알고 있니?"

세 사람은 전혀 모르는 이야기였다. 외삼촌이 또 한 번 물어봤다.

"왜 그랬을까, 하고 궁금했던 적 없어?"

세 사람은 이번에도 잠자코 고개를 흔들었다.

"그렇구나."

외삼촌은 고개를 갸우뚱거렸다. 그때 사과 껍질이 쟁반에 떨어졌다. 외삼촌은 뉴턴을 제쳐 두고 먹는 이야기로 돌아갔다.

"응, 이건 좋은 사과네. 어디 사과야?"

이야기는 아오모리 사과와 홋카이도 사과를 견주는 데로 옮겨 가 미즈타니도, 코페르도 외삼촌에게 더 물어볼 기회가 없었다. 지금 미즈타니는 그 이야기를 하고 있었다.

코페르가 다시 설명해 달라고 하자 외삼촌도 그제야 생각이 났다.

"아, 맞아. 아까 그 이야기를 하다 말았구나."

외삼촌은 걸음을 멈추고 담배에 불을 붙였다. 그러고는 다시 천천히 걸음을 옮기면서 이야기를 꺼냈다.

"외삼촌이 초등학교에 갓 들어갔을 무렵이었어. 집에서 보던 신문에 1월 부록이 끼어 있었지. 삼색판(파랑, 빨강, 노란색을 겹쳐 인쇄하는 기법)으로 인쇄한 유화 석 장이었어. 부레쓰 천황(일본의 25대 왕. 재위 기간 498~506년)이 멧돼지를 발로 차 죽이는 그림과 맹자의 어머니가 베틀을 짜며 맹자를 훈계하는 그림 그리고 뉴턴이 떨어진 사과를 보고 있는 그림이었지. 나는 그 그림들이 무슨 내용을 담고 있는지 전혀 몰랐어. 그래서 누나가, 코페르, 바로 네 엄마야, 삼색판 그림을 설명해 줬지. 아마 그때 누나는 여학교에 다녔을 거야. 지금 너희들보다 한두 살 위였지. 누나가 그림을 설명해 놓은 글을 읽고 이야기해 줬어. 그땐 네 엄마가 굉장히 위대한 사람처럼 보였어.

신문사에서 왜 그 그림들을 조합해서 부록으로 냈는지는 지금도 잘 모르겠는데 어쨌든 그림에 담긴 내용은 이래. 옛날 일본에는 부레쓰라는 용감한 왕이 살았어. 어느 날 사냥하러 갔다가 멧돼지와 마주쳤는데 발길질 한 번으로 숨통을 끊어 놓았다는 전설이 있지. 또 맹자는 중국의 유명한 현인인데 중간에 공부를 포기하고 집에 돌아가자 그 어머니가 훈계하여 다시 돌려보냈다는 이야기가 있고, 뉴턴은 사과가 떨어지는 것을 보고 만유인력의 법칙을 발견했다고 했어. 이런 이야기라면 초등학생인 나도 얼마든지 알아들을 수 있었어. 난 그 가운데서도 부레쓰 왕 이야기가 가장 재미있었어. 맹자 어머니는 맹자가 돌아오자 베틀을 보여 주며 중간에 공부를 포기하는 건 거의 다 만든 베틀을 잘라 버리는 것과 같다며 아들을 가르쳤다는데 이것도 대충 이해할 수 있었어. 하지만 뉴턴은 달랐지. 사과가 떨어졌는데 '왜?' 하고 생각하니까 정말 아무것도 이해가 안 되는 거야.

누나, 그러니까 네 엄마한테 뉴턴 이야기를 다 듣고 나는 "그게 왜?" 하고 물어봤어. 엄마도 난처해하더구나. 이제 겨우 초등학교 1학년인 나를 앉혀 놓고 지구와 달, 지구와 태양, 그 밖에 여러 가지 행성들의 관계를 설명해 줬지. 지금도 기억나는데 네 엄마는 고무공과 탁구공을 가져와서는 "이게 우리가 사는 지구고 이게 달이야. 그럼 이렇게 되겠지?" 하고 열심히 설명해 줬어. 그런데 상대가 초등학교 1학년인지라 아무리 열심히 설명해도 이해시키기 어려운 거야. 나도 이해가 될 듯 말 듯 한데 무슨 뜻인지는 정확히 모르겠고 그냥 고개만 끄덕거렸지. 결국에는 네 엄마도 포기하고 "이런 건 아직 너한텐 너무 어려워. 나중에 크면 자연히 알게 될 거야." 하고 얼버무리더구나. 그걸로 끝이었어.

아까 사과껍질을 깎으면서 그때 생각이 났어."

"그래서 외삼촌은 언제 알게 됐어?"

코페르가 물었다. 외삼촌이 자기 나이 때쯤에는 알게 되었는지 무척 궁금했다.

외삼촌이 대답했다.

"뭐라고 설명해야 좋을까. 초등학교 상급생이 되면서 지구와 달의 관계나 태양계 같은, 옛날에 네 엄마가 가르쳐 주려고 했던 것들을 조금은 이해하게 되었고, 중학교에 들어가서는 과학 시간에 여러 가지를 배워서 알게 되었지. 하지만 사과가 떨어지는 것을 보고 뉴턴이 어떻게 만유인력이라는 법칙을 발견하게 되었는지는 알 수 없었어. 만유인력이 무엇인지, 천체 운동이 무엇인지는 알게 되었어도 방금 말한 의문은 여전히 남아 있었지."

"그건 언제 알게 됐는데?"

코페르는 계속 물었다. 외삼촌이 대답했다.

"그게 궁금하긴 했지만 어떻게든 알아내야겠다고는 생각해 본 적이 없단다. 대학생이 될 때까지 미뤄 뒀지."

"대학생?"

코페르의 눈이 동그래졌다. 그 모습을 보고 기타미가 웃었다.

"그래, 대학생이 될 때까지 삼촌은 그런 문제에는 관심이 없었어. 막연히 이런 식으로만 생각했지. 뉴턴은 물리학적인 문제를 고민하며 산책하고 있었다, 그런데 갑자기 눈앞에서 사과가 떨어졌다, 뉴턴은 그걸 보고 깜짝 놀랐는데 그때 머릿속에 번개처럼 획 하고 생각이 떠올랐을 거다."

"정말 그랬을까요?"

이번에는 기타미가 물어봤다.

"실은 전문가들도 뉴턴이 사과에서 만유인력을 발견했다는 이야기를 모두 믿지는 않아. 그 당시 어떤 일이 있었는지는 아무도 모르니까. 대학 시절에 우연히 이학부에 다니는 친구에게 그 문제에 대해 물어본 적이 있어. 그 친구는 뉴턴의 머릿속이 이렇게 움직였을 거라며 설명해 줬지. 그 설명을 듣고는 아, 과연 그랬겠구나, 싶었어."

"뭐라고 설명해 줬는데?"

"우리가 알아들을 수 있는 설명이에요?"

코페르와 미즈타니가 잇따라 질문을 쏟아 낸다. 외삼촌은 천천히 담배를 피우며 이야기를 계속했다.

"너희도 이해할 수 있는 내용이야. 사과가 갑자기 떨어지는 것을 보고 뉴턴의 머릿속에서 어떤 새로운 생각이 번뜩였던 것보다 더 중요한 건 그 다음이었어.

사과는 아마도 3미터, 아니면 4미터 높이에서 떨어졌겠지. 뉴턴은 10미터 높이라면 어떨까, 하고 생각해 봤어. 4미터가 10미터로 높아졌다고 해도 사과는 떨어졌을 거야. 다 익은 사과는 땅으로 떨어지는 법이니까. 15미터라면 어떨까? 마찬가지로 떨어지겠지. 20미터라면? 결과는 똑같아. 백 미터, 2백 미터씩 높이를 올려 수백 미터에 이르더라도 사과는 중력의 법칙에 따라 땅으로 떨어져야 해. 이제 높이를 더 높여서 몇 천 미터, 몇 만 미터를 지나 달까지 이르렀다고 가정해 보자. 달의 높이에서 사과를 떨어뜨린다면 어떻게 될까? 중력이 작용하는 한 당연히 떨어지겠지. 사과가 아닌 다른 무엇을 떨어뜨리더라도 모두 떨어져야 해. 그런데 달은 어때? 달은 안 떨어지잖아."

코페르도, 미즈타니도, 기타미도 말 한마디 꺼내지 못하고 외삼촌 말을 기다렸다. 느티나무 가로수 길이 끝나고 공터의 샛길이 이어졌다. 공터 맞은편 이층집 위로 달이 보였다. 달은 조용히 네 사람을 지켜보고 있었다.

"달은 떨어지지 않는다. 이건 지구가 달을 끌어들이는 힘도 있지만 달도 어디론가 달아나려는 힘이 있다는 뜻이지. 두 힘이 서로 똑같아서 늘 같은 거리를 유지하는 거야. 이런 걸 인력이라고 하는데 뉴턴이 맨처음 천체와 천체 사이에 인력이 작용한다고 생각한 건 아니야. 달과 태양 사이에 인력이 작용하고 그

때문에 별들이 일정한 궤도를 지키며 운행한다는 건 뉴턴 이전의 케플러 시대에 등장했던 생각이야. 물체의 낙하는 이미 갈릴레이가 낙하의 법칙으로 증명해 냈지.

그럼 뉴턴이 발견한 것은 무엇일까? 지구의 물체에 작용하는 중력과 천체에 작용하는 인력, 이 두 힘을 연결시켜 인력과 중력이 같은 성질이라는 것을 실증해 냈어. 따라서 핵심은 인력과 중력이 뉴턴의 머릿속에서 어떤 식으로 연결되었는지를 알아내는 것이었어."

외삼촌은 담배를 한 모금 피우고 말을 이었다.

"방금 말했듯이 뉴턴은 떨어지는 사과를 보고 떨어지는 높이를 연장시켜 달에 이르렀지. 중력은 지구 위에 존재하는 물체들에게 미치는 영향이야. 그 높이를 달에 이르게 한다면 물체와 지구의 관계는 중력에 좌우되지 않겠지. 물체가 지구를 벗어난 순간부터 천문학의 영역이 될 테니까. 따라서 여기부터는 천체와 천체, 즉 지구와 달의 문제가 돼. 사과가 지구를 벗어나 우주의 높이까지 올라간다면 천체와 천체 사이에 작용하는 인력과 낙하에 작용하는 중력이 서로 부딪치겠지. 그런 충돌이 뉴턴의 머릿속에서도 일어났던 거야. 뉴턴은 이 두 가지 힘이 결국에는 같은 성질이 아닐까, 하고 의심하게 된 거지. 그리고 이를 증명하기 위해 연구를 시작했어.

뉴턴은 달과 지구의 거리를 계산하고 달에 작용하는 중력과 지구의 인력을 오랫동안 연구했지. 그러다 드디어 둘의 관계를 증명하는 데 성공했어. 뉴턴이 연구한 것을 바탕으로 저 드넓은 우주를 빙빙 돌고 있는 별의 운동과 풀잎에 떨어지는 이슬 한 방울의 운동을 동일한 물리학 원칙에서 설명할 수 있게 되었지. 물리학이라는 한 학문으로 천체와 지상의 모든 활동을 똑같이 설명할 수 있게 된 거야. 학문의 역사에서 아주 위대한 발견이었지…….”

외삼촌은 손에 들고 있던 담배를 멀리 던졌다. 빨간 불꽃이 포물선을 그리며 사라져 갔다.

“어때, 코페르, 이해가 되니?”

코페르는 대답하는 대신 고개를 끄덕였다. 기타미도, 미즈타니도 말이 없다. 세 사람은 지금 느끼고 있는 기분을 표현할 말을 찾지 못했다. 외삼촌은 이야기를 이어 갔다.

“뉴턴이 위대한 것은 중력과 인력의 성질이 똑같지 않을까, 하고 의심했기 때문만은 아니야. 작은 것을 의심하는 데서 시작해 깊이 고민하고 노력하여 실제 그것을 확인했기 때문이기도 해. 이건 보통 사람들이 할 수 없는 아주 어려운 문제이기는 했어. 그런데 처음에 의심하지 않았다면 연구도 시작하지 않았을 테니 처음에 의심을 품었다는 사실이야말로 대단한 거야.

대학 친구한테서 방금 내가 설명한 이야기를 들었을 때 그런 생각이 들더구나. 아무리 위대한 의심도, 생각도 늘 간단한 데서 시작해. 뉴턴은 겨우 3, 4미터 높이에서 떨어진 사과를 보고 저 사과가 어디까지 높이 올라가도 지금처럼 떨어질까, 하며 궁금해하다가 결국 거대한 사상과 맞닥뜨리게 되었지. 그러니 코페르, 당연한 것을 생각하는 건 절대로 우습지 않아. 알고 있다고 믿었던 어떤 것을 좀 더 깊이 파헤치고 생각하다 보면 절대로 알고 있었다는 말을 하지 못하게 되는 거란다. 이건 물리학에만 국한된 이야기가 아니야."

달은 어느새 하늘 한가운데로 떠올랐다. 멀리 목욕탕 굴뚝 위에 비스듬히 매달려 네 사람을 지켜보고 있다. 머리 위로는 밤하늘이 펼쳐 있고 별들이 반짝였다. 이런 달밤에 머나먼 천체의 세계를 생각하고 있자니 몸이 공기 속에서 녹아 없어질 것 같았다. 코페르와 세 사람은 파란 달빛을 쐬며 걸었다. 네 사람이 걸어가는 길에 깔려 있는 자갈들이 달빛에 젖어 아름답게 빛나고 있었다.

조금 지나 외삼촌과 코페르는 집에 돌아가기 위해 빠른 걸음으로 걷고 있었다. 미즈타니와 기타미를 정거장까지 바래다주고 돌아가는 길이다. 차가운 밤공기가 몸에 스며들었다. 두 사람은 거의 입을 열지 않았다. 하늘에 떠 있는 달의 표정은 변함이 없었다. 심통을 부리지도 않고, 웃지도 않고, 쓸쓸해하지도 않고 지붕과 전봇대와 느티나무 가지를 넘어 두 사람과 나란히 걷고 있었다.

집 앞에 이르자 외삼촌이 말했다.

"들어가."

두 사람은 문 앞에서 인사를 나누었다.

"외삼촌, 안녕히 주무세요."

"너도 푹 쉬어."

닷새가 지난 날, 그러니까 금요일이다. 뜻밖의 일이 생겼다. 코페르가 외삼촌 앞으로 편지를 보낸 것이다. 편지 내용은 다음과 같다.

외삼촌.

지난번에 외삼촌을 만났을 때 말하고 싶었던 건데 편지로 쓰는 게 좋겠다는 생각이 들어서 편지를 쓰게 됐어요.

내가 한 가지 발견한 게 있어요. 외삼촌이 들려준 뉴턴 이야기 덕분이에요. 내가 새롭게 발견한 게 있다고 말하면 다들 날 놀릴지도 몰라요. 그래서 외삼촌에게만 말하기로 했어요. 엄마에게도 당분간 비밀이에요. 내가 발견한 것에 "인간 분자의 관계, 그물코의 법칙"이라는 이름을 붙여 봤어요. 처음에는 "분유의 비밀"이라는 이름을 떠올렸는데 어린이 잡지에 실려 있는 탐정 소설 제목 같아서 바꿨어요. 외삼촌에게 더 좋은 이름이 떠오른다면 알려 주세요. 이 발견을 뭐라고 설명해야 좋을지 아직 잘 모르겠어요. 생각나는 대로 말하면 외삼촌도 이해하실 거라고 믿어요.

가장 먼저 내 머릿속에 떠오른 생각은 분유였어요. 내가 외삼촌에게만 이런 말을 하는 건 바로 분유 때문이에요. 이런 이야기를 하면 분명히 날 놀릴 것 같아서요. 나도 이왕이면 멋진 걸 생각하고 싶었는데 분유가 떠올라서 이제는 어쩔 수 없어요.

월요일 밤이었어요. 자다가 갑자기 눈이 뜨였어요. 꿈을 꾼 것 같은데 무슨 꿈인지는 잊어버렸어요. 이유는 모르겠지만 눈을 뜨고 가장 먼저 분유 깡통이 떠올랐어요. 비스킷 같은 걸 담아 두는 락토겐(분유 상표) 깡통 말이에요. 그때 엄마에게 들은 말이 생각났어요. 내가 아기일 때 엄마는 젖이 잘 안 나왔다고 해요. 그래서 나는 날마다 락토겐을 먹었다는 거예요. 엄마는 그때를 기념하려고 락토겐 깡통을 버리지 않고 모아 두었다고 말씀하셨어요. 엄마한테 그런 이야기를 듣고 그럼 오스트레일리아 소도 우리 엄마야, 하고 말했어요. 락토겐은 오스트레일리아 제품이에요. 깡통에도 오스트레일리아 지도가 그려져 있거든요. 이불 속에서 그런 생각을 했어요. 그리고 오스트레일리아를 상상해 봤어요. 목장과 소와 원주민과 분유 공장과 항구와 배들, 그 밖에 여러 가지 풍경을 상상했어요.

바로 그때 뉴턴 이야기가 생각났어요. 땅에서 3미터, 4미터 높이에 있는 나뭇가지에서 떨어진 사과를 보고 더 높은 곳에서 사과가 떨어진다면 어떻게 될까, 하고 궁금해한 데서 뉴턴의 만유인력의 법칙이 출발했다는 이야기였죠. 그래서 나도 락토겐 분유와 관계있는 모든 것을 파악해 보자, 하고 생각한 거예요. 이불을 뒤집어쓰고 오스트레일리아에 사는 젖소에게서 짜 낸 우유로 만든 분유를 내가 먹기까지 어떤 과정을 거쳤는지 상상

해 봤어요. 그런데 끝이 없었어요. 사람이 너무 많이 나왔거든요. 몇 가지만 적어 볼게요.

1. 분유가 일본에 오기까지

젖소, 젖소를 키우는 사람, 우유를 짜는 사람, 우유를 공장에 옮기는 사람, 공장에서 분유를 만드는 사람, 깡통에 담는 사람, 깡통을 포장하는 사람, 깡통을 트럭에 싣고 기차역으로 가는 사람, 기차에 싣는 사람, 기차를 움직이는 사람, 기차역에서 항구로 옮기는 사람, 배에 싣

는 사람, 배를 움직이는 사람.

2. 분유가 일본에 오고 나서

배에서 짐을 내리는 사람, 창고로 나르는 사람, 창고를 지키는 사람, 도매상인, 광고하는 사람, 소매하는 약국, 약국까지 분유를 가져가는 사람, 약국 주인, 마침내 약국 종업원이 가정집 부엌까지 배달해 주죠. (다음부터는 내일 저녁에 또 쓸게요.)

(계속) 분유는 오스트레일리아에서 무척 긴 릴레이를 하고 나서 갓난아기인 내가 사는 이곳까지 왔어요. 공장과 기차와 배를 만드는 사람까지 더하면 수천 명, 아니 수만 명이나 되는 많은 사람들이 나와 연결되어 있는 거예요. 하지만 그 많은 사람들 가운데 내가 아는 사람은 우리 집 가까운 데 있는 약국 주인뿐이에요. 나머지 사람들은 본 적도 없어요. 그 사람들도 나 같은 건 전혀 모르고요. 나는 이게 무척 이상하다고 생각했어요. 이불을 덮고 누워 불빛이 어두운 전등과 시계와 책상과 다다미와 방 안에 있는 다른 것들을 차례로 생각해 봤어요. 락토겐 때와 똑같았어요. 셀 수 없을 만큼 많은 사람들이 물건 뒤에 줄지어 서 있는 거예요. 모두 낯선 사람들뿐으로 어떤 표정을 하고 있는지도 짐작이 안 되었어요.

그날 밤 다른 여러 가지를 생각하다가 잠이 들어서 잊어버리고 말았는데 지금 쓴 것만은 이튿날 아침에도 똑똑히 기억났어요. 나는 이것을 발견이라고 생각했어요. 지금껏 한번도 생각해 보지 못한 건데 나와 연결된 모든 것에서 내가 알지 못하는 사람들과 관계를 맺고 있다는 게 보이기 시작했어요. 등굣길에서도, 수업할 때도 눈에 보이는 모든 것을 생각해 보았고 마찬가지로 같은 관계를 발견했어요. 그리고 셀 수 없을 만큼 많은 사람들과 연결되어 있는 건 나뿐만이 아니라는 것도 알게 되었어요. 선생님의 양복과 신발도 락토겐 분유와 똑같았어요. 선생님이 입고 있는 양복은 오스트레일리아에 사는 양에서 시작되었죠. 결국 인간이라는 분자는 서로 본 적도, 만난 적도 없는 수많은 사람들과 자신도 모르는 사이에 한 그물로 얽혀 있다는 결론에 이르렀어요. 나는 이 발견에 "인간 분자의 관계, 그물코의 법칙"이라는 이름을 붙였어요.

요즘 이 발견을 여러 상황에 응용해서 시험해 보고 있어요. 오늘은 아스팔트 길을 시험해 보았는데 같은 결론에 이르렀어요. 수학 시간에 선생님의 머리카락과 수염에서 이발소와 연결된 고리를 찾아내다가 선생님한테 아까부터 무슨 생각을 하는 거냐며 오랜만에 주의도 받았지요. 하지만 발견을 위해서라면 야단쯤은 견뎌 내야 한다고 생각해요.

더 쓰고 싶은데 엄마가 그만 자라고 해요. 보고는 일단 마칠게요. 이 발견은 외삼촌한테 처음으로 털어놓는 거예요.

외삼촌의
노트

진정한 발견이란 무엇일까?

코페르.

네가 새로운 발견을 하고 그것을 세계 최초로
나에게 알려 줘서 무척 고맙게 생각하고 있어. 지금 당장 답장
을 써 주고 싶지만 어차피 내일 만날 테니 만나서 이야기하는
게 좋을 것 같구나. 그래도 네 편지를 읽고 떠오른 생각을 노트
에 기록해 두는 건 잊지 말아야겠지. 언제가 될지는 모르겠지만
네가 이 글을 읽으면서 오늘 네가 발견한 것을 기억하며 내가
한 말을 되새기게 될 테니까.

네 편지를 읽고 감탄했단다. 네 둘레 세계를 그만큼 생각하고
의식한다는 건 분명 대단한 일이야. 나는 네 나이 때 그런 생각
은 해 보지도 못했단다. 나는 고등학교에 들어가서야 네가 궁금
하게 여긴 것들에 관심을 기울이게 되었고, 그마저도 책에서 배
운 것이 다였지.

네가 생각해 보아야 할 문제들이 몇 가지 있는데 이번에는 내
가 코페르 선생에게 보고할 차례인 것 같구나.

"인간 분자의 관계, 그물코의 법칙"보다 더 좋은 이름이 있다
면 알려 달라고 했는데 마침 좋은 이름이 하나 있구나. 내가 생

각해 낸 건 아니고 이미 경제학과 사회학에서 쓰고 있는 이름이란다. 실은 네가 깨달은 "인간 분자의 관계"라는 것도 학자들이 "생산 관계"라고 하며 이미 발견해 낸 것이란다. 인간이 생활하는 데는 여러 가지가 필요하지. 자연에서 재료를 구해 필요한 것들을 만들어야 해. 자연에 있는 것들을 그대로 가져와 입고 먹으려 해도 사냥과 낚시를 하거나, 산에서 흙을 파거나 해야 한단다. 원시 시대부터 인간은 서로 협동하며 일했고, 분업을 하면서 능률을 높이는 방법을 고안해 냈지. 공동체가 생존하기 위한 선택이었고, 학자들은 이런 관계를 "생산 관계"라고 정의했단다.

처음에 인간은 지구 곳곳에 흩어져 작은 집단을 이루며 살았기 때문에 협동과 분업의 범위가 아주 좁았어. 아주 먼 옛날에는 누가 나와 식구들이 먹는 음식과 입고 있는 옷을 마련해 줬는지 모두 알고 있었어. 함께 사는 이웃과 힘을 모아 자급자족했고, 생활하는 데 꼭 필요한 것만 생산해 냈지. 사냥과 낚시를 할 때만 하더라도 모두 함께 움직였기 때문에 너처럼 내가 먹는 음식과 입고 있는 옷을 누가 마련해 주었는지 고민하지 않아도 금방 알 수 있었단다.

그런데 흩어져 살던 작은 집단 사이에 물물 교환이 이루어지고 자녀들끼리 결혼을 하게 되면서 인간의 공동체는 점점 넓어졌단다. 그런 공동체들이 하나 둘씩 모이면서 마침내 국가가 탄생했어. 이 무렵에는 협동과 분업의 규모가 커져 내가 먹는 음식과 입고 있는 옷을 누가 만들어 줬는지, 누가 고생하며 마련했는지 알기 어려워졌지. 음식을 만들고 옷을 만드는 사람들도 내가 만든 음식과 옷을 누가 먹고 입는지 알 수 없게 되었어. 나와 우리 식구에게 필요한 물건과 바꾸기 위해, 아니면 필요한 물건을 사기 위해서는 돈이 있어야 하는데 그 돈을 벌려고 만든 물건인 만큼 누가 입고 먹는지 관심을 기울이지 않게 되었어.

사회는 계속 발전해서 산업이 활발해지고, 나라와 나라의 거래가 늘어나고, 인간과 인간의 관계는 더욱 복잡해졌단다. 예를 들어 중국의 농부가 돈을 조금 더 벌어 볼 욕심에 누에를 사려고 강에서 물고기를 잡아 시장에 팔고 그 돈으로 누에를 샀다고 가정해 볼까? 언젠가는 이 농부가 키운 누에가 로마 귀족이 입는 비단옷이 될지도 몰라. 이쯤 되면 물건을 만들어 내는 사람만 필요한 게 아니라 물건을 나르는 사람들에게 도움도 받아야 하고, 그 과정에서 새로운 일이 태어나겠지. 그렇게 세계 곳곳이 이어져서 오늘날과 같은 거대한 그물이 완성되었단다.

요즘에는 일본만 해도 실을 만드는 방적 회사가 일본에 비단과 면직물이 모자라 곤란해지지 않도록 해야겠다고 생각해서 실을 만들지는 않아. 일본에서 쓰고 남으면 외국에 팔아야겠다고 생각하지도 않아. 처음부터 수출을 목표로 대규모 생산에 나서고 있어. 세계 곳곳에 흩어져 있는 인간과 인간을 연결하기 위한 밑받침으로 산업을 일으키고 있단다. 인도와 중국에 사는 몇 억이나 되는 사람들에게는 일본인이 만든 면직물과 잡화가 필요하고, 일본인에게는 오스트레일리아에서 생산한 양털과 미국에서 나온 석유가 꼭 필요하지.

사람들은 생활하는 데 필요한 것을 구하려고 세계 곳곳에서 열심히 일했어. 그 기간이 길어지면서 어느새 그물코처럼 서로 관계를 맺게 되었지. 네가 발견한 것처럼 이제 우리는 서로 모르는 사람들과 한데 얽혀서 관계를 맺으며 살아가고 있어. 이 세상 누구도 이 그물에서 빠져나가지는 못해. 세상에는 아무것도 만들어 내지 못하는 사람도 많지만 그들도 그물코를 이루고 있지. 온종일 아무것도 먹지 않고 아무것도 입지 않는 사람들조차 온 세계 사람들을 하나로 묶고 있는 그물코에 포함되어 있단다. 우리와 먼 나라에 사는 사람들과 우리가 어떻게 관계를 맺고 있는지는 나중에 다시 이야기하기로 하고, 지금 말한 것을 학자들이 "생산 관계"라고 한다는 것만은 기억하기 바란다. 분유에서 나온 네 생각이 경제학에 등장하는 원리에까지 이르렀다고 할 수 있지.

네가 좀 더 크면 경제학과 사회학을 공부하게 될 거야. 경제학과 사회학은 사람들이 서로 어떤 관계를 맺으며 살고 있는가, 하는 궁금증에서 출발해 사람이 살아가는 여러 모습을 관찰하고 연구하는 학문이란다. 시대가 바뀌면서 이 관계가 어떻게 달라졌는지, 이런 관계들 위에 어떤 풍속과 습관이 생겼는지, 또 현재는 어떤 법칙으로 움직이는지를 연구하는 학문이지. 네가 발견한 것은 경제학과 사회학이라는 학문의 출발점으로 아주 오래전부터 학자들이 연구해 온 분야였단다.

이 글을 읽고 낙심할지도 모르겠구나. 네가 새롭게 찾아낸 것인 줄 알았는데 벌써 옛날부터 사람들이 관심을 기울이던 학문의 시초라고 한다면 실망스러울 수도 있어. 하지만 코페르, 실망하기에는 이르단다. 어느 누구에게도 배우지 않고 이런 이치를 깨달았다는 건 정말 대단한 일이란다. 학문적으로 유명해서 모두 알고 있는 내용일지라도 나는 네 발견에 진심으로 감탄했단다. 네 나이에 그런 생각을 했다는 것 자체가 대단한 일이니까. 그 전에 너한테 꼭 해 주고 싶은 말이 있단다. 사람들에게 도움을 주고 모두에게 존경받을 만한 발견이란 어떤 것인가, 하는 이야기란다. 네가 처음으로 알게 되었다는 데서 벗어나 네가 그것을 알게 되면서 비로소 많은 사람들도 알게 되는 것이 중요하단다.

나 혼자 경험하는 데는 한계가 있어. 다행히 사람에게는 언어가 있지. 그래서 내가 겪은 일들을 다른 사람에게 알려 줄 수도 있고, 다른 사람이 경험한 것을 들어볼 수도 있어. 사람이 문자를 발명하고부터는 책이라는 도구로 경험과 지식을 서로 나누게 되었지. 여러 사람들이 경험한 것을 비교하기 시작하면서 특성이 서로 다른 분야를 정리했고, 이를 전문으로 구별하고 연구하면서 학문이 생겼단다. 따라서 학문이란 인류가 지금까지 경험해 온 것들을 하나로 모아 놓은 것이라고 할 수 있어. 앞선 세대가 경험한 것을 다음 세대가 이어받으면서 문명을 이룩하게 되었고 오늘날처럼 발전할 수 있었단다. 인간이 태어날 때마다 원숭이에서 진화를 시작한다면 인류는 영원히 원숭이인 채 살아가야 하겠지. 그랬다가는 절대로 오늘날과 같은 문명의 혜택을 누릴 수 없어. 그래서 우리는 학문을 공부하면서 지금껏 인류가 쌓아 온 경험을 배워야 하는 거란다. 그렇지 않고서는 아무리 홀로 열심히 노력한다 해도 인류 전체에 혜택을 주지는 못하거든. 처음 새로운 것을 발견하고 나서 계속 연구하고, 문제를 해결하려고 노력하지 않는다면 네가 발견한 새로운 진실은 거짓이 될 수밖에 없단다. 네가 발견한 데서 사람들이 모두 이 해하고 받아들일 수 있을 만한 뜻을 찾아내지 못한다면 그것은 '인류의 발견'이라는 발견의 참된 가치에 이르지 못하게 될 거야. 이런 가치에 이를 때야말로 진정한 발견, 위대한 발견이라고 할 수 있겠지.

이쯤 말했으니 네가 왜 공부해야 하는지 조금은 알 수 있겠지. 위대한 발견자가 되고 싶다면 무엇보다도 공부가 중요하단다. 학문이라는 영역이 쌓아 올린 가장 높은 곳까지 올라갈 필요가 있단다. 네 삶의 진짜 발견은 바로 그곳에서 시작하겠지. 네가 지금 한 걸음씩 올라 닿으려 하는 학문의 정상에서 네가 하고 싶은 일을 하기 위해서는, 아니 거기까지 올라가기 위해서는, 코페르, 잘 생각해 보렴. 네가 한밤중에 눈을 뜨고 궁금하게 여긴 것들을 끝까지 따라갔던 그때의 마음을 잊어버리면 안 된단다.

그리고 마지막으로 한 가지.

네가 살아가는 데 필요한 여러 가지 물건은 하나같이 많은 사람이 노력해서 만든 것이란다. 너도 그걸 알게 되었지. 그런데 너는 그 사람들이 누군지 몰라. 조금 이상하다는 생각이 들지는 않니. 이 넓은 세상에서 모든 사람과 알고 지낼 수는 없겠지. 그렇더라도 네가 먹는 음식, 네가 입고 있는 옷, 네가 사는 집처럼 너에게 반드시 필요한 무언가를 만들어 내기 위해 실제로 노력한 사람들과 그 사람들이 고생한 덕분에 편히 살아가고 있는 네가 언제 어디에서나 늘 남일 수밖에 없다는 건 네가 느꼈던 감정보다 더 이해되지 않을 거라고 생각해. 이해되지 않겠지만 지금 우리가 살고 있는 세상에서는 어쩔 수 없는 현실이란다. 사람과 사람은 지구를 감싸는 그물코처럼 서로 얽혀 있지만 그 관계는 우리가 바라는 대로 완벽하게 사람다운 관계는 아냐. 이만큼 문명이 발달했는데도 여전히 사람들은 다투고 있고, 돈 때문에 남을 고소해 하루도 빠짐없이 재판을 하고, 나라와 나라 사이에 이해관계가 충돌하면 전쟁마저 서슴없이 하고 있어. 네가 발견한 "인간 분자의 관계"에도 이런 현실이 비치고 있는 것은 아닐까. 물질의 분자와 분자 사이에 맺어진 관계처럼 인간 분자의 관계는 어디까지나 분자 사이의 관계일 뿐 사람과 사람의 따뜻한 관계는 아닌 것 같구나.

하지만 코페르, 현실이 이렇더라도 사람은 언제나 사람다워야 한단다. 사람들이 사람다운 관계를 맺지 못하고 살아가는 건 아쉬운 일이야. 너와 상관없는 낯선 사람과 관계를 맺을 때도 당연히 분자와 분자가 교류하는 게 아니라 사람과 사람이 따뜻하게 만나야 한단다. 지금 당장 네가 어떻게 해야 한다는 것은 아니야. 단지 어른이 되어서도 지금 내가 하는 말을 잊지 않고 기억해 주기를 바랄 뿐이란다. 사실 이 문제는 인류가 지금까지 발전해 오면서도 여전히 해결하지 못하고 있는 문제 가운데 하나란다.

그렇다면 진정으로 사람다운 관계란 어떤 것일까?

네 엄마는 너를 위해 무슨 일을 하든 너에게 그 보수를 바라지 않으셔. 네 엄마는 너를 위해 애쓸 수 있다는 것이 기쁘기 때문이지. 너도 좋아하는 친구들을 위해 무언가 착한 일을 하고 나면 보답받지 못하더라도 기분이 좋을 거야. 사람이 사람에게 좋은 감정으로 친절을 베풀고, 그것을 기쁨으로 삼는 것처럼 아름다운 관계는 이 세상에 없단다. 나는 그것이 진정으로 사람다운 인간관계라고 믿는단다. 코페르, 너도 그렇게 생각하리라고 믿는다.

가난한 친구

 운동장에 차가운 바람이 불기 시작하면 야구 철도 끝이 난다. 야구 철이 끝나면 축구 경기가 계속된다. 마침내 겨울이 찾아온 것이다.

 남향으로 나 있는 학교 건물에 기대 볕을 쬐고 있으면 꾸벅꾸벅 졸음이 쏟아질 것 같은 따뜻한 날씨가 12월 초에 네닷새 이어지더니 12월 10일 즈음해서 갑자기 추워졌다. 날마다 하늘에는 솜털 같은 구름이 두툼하게 퍼져 있고, 우중충한 날씨에 뼛속까지 추위가 스며드는 것 같았다. 눈발을 볼 수 있는 날도 머지않았다. 2학기 말 시험이 코앞에 닥쳤다. 교실에는 난로가 등장했다. 추운 운동장에서 놀다가 교실에 들어오면 따뜻하게 데워진 공기가 얼굴을 감싸 준다. 그 기운이 온몸에 퍼질 때쯤 졸음이 몰려온다! 우라가와가 아니더라도 공부하다 깜빡 조는 횟

수가 늘어난다. 당연히 우라가와는 모든 아이들 눈에 띌 만큼 꾸벅꾸벅 졸고 있다. 우라가와가 잠결에 고개를 책상에 떨어뜨리고는 깜짝 놀라 머리를 치켜드는 것이 코페르 자리에서도 보였다.

그 우라가와가 어찌 된 영문인지 이삼일 학교에 나오지 않았다. 코페르 자리에서는 늘 우라가와의 둥그스름한 등이 보였는데 지난 며칠 동안 그 자리가 텅 비어 있다. 코페르는 우라가와의 빈 자리가 거슬릴 만큼 계속 눈에 띄었다. 네댓새 동안 우라가와의 모습은 교실에 없다.

'감기에 걸렸나.'

코페르는 혼자 생각했다. 같은 반 아이가 사흘씩이나 학교에 나오지 않으면 보통 친한 친구들이 찾아가서 소식을 알려 주는데 우라가와에게는 집까지 찾아갈 친한 친구가 없다. 코페르는 그것을 깨닫고 자기가 우라가와를 찾아가 보면 어떨까 싶었다.

토요일 오후다. 수업이 끝나자 기타미가 달려와 축구 경기가 있다고 했다.

"오늘은 무슨 일이 있어도 2반 녀석들을 이길 거야. 저번에도 원래는 질 경기가 아니었다고."

기타미는 이날 경기를 잔뜩 벼른 모양이지만 코페르는 우라가와네 집에 가려고 마음먹었던 터라 평소처럼 "좋아, 하자." 하고 대답할 수 없었다.

"오늘은 가 볼 데가 있어."

"네가 없으면 재미없는데."

코페르가 대답하는 것을 듣고도 기타미는 계속 쫓아오며 툴툴거렸다.

기타미가 이렇게까지 나오자 코페르도 난처했지만 그래도 처음 마음먹은 대로 우라가와네 집에 가 봐야겠다고 생각하며 기타미와 헤어져 혼자 교문을 나섰다. 하늘은 맑게 개고 바람이 세차게 부는 추운 낮이었다.

고이시카와의 어느 커다란 절 앞에서 전차를 내려 신작로를 따라 걷다가 오른쪽으로 보이는 언덕으로 올라가면 넓은 공동묘지가 나온다. 묘지 쪽에서 언덕을 내려가 왼쪽으로 돌아서면 자동차 한 대가 겨우 들어갈 만큼 좁고 복잡한 거리가 나타난다. 그 길 오른쪽에 우라가와가 사는 집이 있다고 했다. 언덕 위에 자리 잡은 공동묘지에는 코페르의 아버지도 잠들어 있다. 그래서 코페르는 몇 번인가 이곳에 온 기억이 있다. 하지만 이 좁은 거리에는 처음 들어선다.

생선 가게, 군고구마 가게, 쌀집, 막과자 가게. 좁은 거리 양쪽으로 조그마한 가게들이 서로 어깨를 맞부딪치며 나란히 서 있다. 가게는 어른이 손을 뻗으면 닿을 것처럼 추녀가 낮아 어두컴컴하고 하나같이 이 층이다. 그래서인지 사람들 발길이 잦은 거리는 더욱 구중중하고, 코페르는 굴 속에라도 들어온 것처럼 답답해졌다. 그 좁은 골목에 사람들이 꽉 차 있다. 앞치마를 두른 아주머니, 등에 아이를 업은 젊은 엄마들 사이로 고무장화를 신은 청년이 요리조리 자전거를 끌며 빠져나가고 있다. 아이들 한 무리가 때가 꼬질꼬질한 옷을 입고 칼싸움을 하며 맞은편에서 달려온다. 시끌시끌한 공기 속에 온갖 냄새들이 뒤섞여 코를 자극한다. 코페르는 오른쪽 상가들을 하나씩 확인하며 걸음을 옮겼다. 푸줏간을 지나갈 때 뚱뚱하게 살이 찐 주인 남자가 더러운 앞치마를 두르고 가게 앞에 무엇인가 붙이는 것을 보았다. 커틀릿 10전, 크로켓 7전이라고 적은 종이다. 그 옆집은 과자 가게인데 묽게 갠 밀가루를 철판으로 만든 틀에 붓고 속에 팥소를 넣어 도미 모양으로 구운 과자를 만들어 팔고 있었다. 가게 앞에 아이들이 잔뜩 모여 있다. 그 옆집은 간판에 페인트로 사

가미야라고 써 놓은 두부 가게다. 여기가 우라가와네 집이다.

두부 가게 앞에는 아주머니들이 몇 사람 서 있었다. 코페르는 뭐라고 인사하며 가게 안으로 들어가야 할지 몰라 아주머니들 뒤에 가만히 서 있었다. 가게 안에는 마흔 살쯤 된 아주머니가 머리를 틀어 올린 채 손님을 맞고 있었다. 이 아주머니도 앞치마를 두르고 소매를 팔꿈치까지 걷었다. 코페르는 이 골목에 사는 사람들은 모두 앞치마를 두르고 있는 것 같다고 생각했다. 아주머니가 두른 앞치마는 금방이라도 풀어질 것처럼 아주머니의 커다란 몸집을 겨우 감싸고 있었다. 아주머니는 씨름꾼처럼 뚱뚱해서 힘도 셀 것 같았다.

"두부 하나."

아주머니는 남자처럼 큰 소리로 말하고는 파란 냄비에서 두부를 꺼냈다. 코페르 앞에 서 있던 아주머니가 두부를 받아 보자기에 싸고는 추운 듯이 등을 굽히고 골목으로 발길을 돌린다.

"다음, 유부 두 장."

아주머니는 또 큰 소리로 말하며 신문지로 싼 유부를 내밀었다. 젊은 여자한테 동전을 받다가 코페르를 본 모양이다. 동전을 통에 넣으며 말했다.

"무슨 일이야?"

갑자기 묻는 목소리에 코페르는 당황했다.

"저……. 우라가와 있나요?"

아주머니는 조금 놀란 눈으로 코페르를 보고는 무슨 영문인지 알아차렸다는 듯 두서너 번 고개를 끄덕였다.

"아, 도메 친구구나. 난 또 심부름 온 아이인 줄 알았지. 있고말고."

아주머니는 가게 안쪽을 돌아보며 큰 소리로 외쳤다.

"도메야! 친구 왔다!"

어두컴컴한 가게 안에서 등을 이쪽으로 돌린 채 일하던 사람이 아주머니 목소리에 깜짝 놀라며 고개를 들었다. 우라가와다.

"어, 혼다잖아."

코페르는 그렇게 말하는 우라가와를 보고 황당했다. 이 골목에 앞치마를 두른 사람이 많다는 것은 알고 있었지만 우라가와까지 앞치마를 두르고 있을 줄은 몰랐다. 앞치마 밑으로 눈에 익은 헐렁한 바지가 보였다. 우라가와는 짚신을 신고 있었다. 코페르는 기다란 대젓가락을 들고 서 있는 우라가와를 보고 눈동자가 동그래졌다.

"너 어디 아팠던 거 아니야?"

"……."

우라가와는 머리를 긁적이며 대답이 없었다. 아주머니가 대신 대답했다.

"얘가 아팠던 건 아니고 우리 가게에서 일하는 젊은 종업원이 감기에 걸렸어. 아버지도 어디 가시는 바람에 일손이 부족해서 도메에게 학교를 며칠 쉬라고 했어. 너무 바빠서 학교에 알리지도 못했구나. 어쨌든 잘 왔어. 안으로 들어가렴."

코페르는 우라가와가 서 있는 가게 안쪽으로 들어가 마룻귀틀에 앉았다. 아주머니는 영차, 소리를 내며 커다란 놋쇠 화로를 코페르가 앉아 있는 곳까지 들고 왔다. 하지만 아주머니는 느긋하게 손님을 맞을 때가 아니었다. 또다시 가게에 손님이 찾아왔다. 코페르는 우라가와와 나란히 앉자 무슨 이야기부터 꺼내야 좋을지 몰라 뜨거운 차를 후후 불어 가며 조금 마셨다. 우라가와도 머뭇거리기는 마찬가지였다.

"조금만 기다릴래? 튀길 게 아직 남아서……."

우라가와가 이렇게 말하며 일어섰다. 가게 구석에 있는 커다란 솥 옆에는 철 냄비 안에 담긴 기름이 끓고 있었다.

"금방 끝나. 이것만 튀기면 돼."

우라가와는 젓가락으로 대바구니를 가리켰다. 대바구니에는 얇게 썬 두부가 네다섯 장 누워 있었다. 우라가와는 썰어 놓은 두부를 조심스레 냄비로 옮겨 튀기고 다시 대젓가락으로 건지는 일을 하고 있었다. 코페르는 유부가 두부를 튀긴 음식이라는 것을 이때 처음 알았다.

"지금 안 튀겨 놓으면 저
녁에 팔 게 없어."

우라가와가 냄비 속을
들여다보며 말했다. 익숙
한 손놀림으로 냄비에서
유부를 이리저리 뒤집었

다. 잘 튀긴 유부를 긴 대젓가락 끝으로 집어 휙, 하고
기름을 털어 옆에 있는 철망에 던졌다. 그러고는 다음 유부를
튀기는 동안 철망에 건져 낸 유부를 부서지지 않도록 젓가락 끝
으로 살짝 집어 가지런히 겹쳐 놓고 마지막으로 톡톡 두드려 기
름을 한 번 더 털어 냈다. 그러자 유부 여러 장이 눈 깜짝할 사
이에 한 줄로 나란히 포개졌다.

"이야!"

코페르는 감탄했다. 운동이라면 종목에 상관없이 서툴기만
한 우라가와가 긴 대젓가락을 이렇듯 멋지게 쓰는 것이 신기했
다. 우라가와가 유부를 튀길 때는 정말이지 장사꾼처럼 보였다.
마치 리그 경력이 5, 6년은 되는 투수가 마운드를 밟고 서 있는
것처럼 여유로워 보였다.

"이야!"

코페르는 또 한 번 소리를 냈다.

"잘한다, 너!"

우라가와는 쑥스러운 듯하면서도 조금 자랑스러워하는 표정을 숨기지 못하며 어색하게 웃었다.

"얼마나 연습한 거야?"

코페르가 물었다.

"연습?"

"너무 잘하니까."

"연습 같은 건 안 했어. 엄마를 도와주다 보니 이렇게 됐어. 하나를 잘못 튀기면 3전 손해거든. 그래서 열심히 하다 보니까……."

우라가와는 나머지 네다섯 장을 마저 튀기고 나서 큰 소리로 말했다.

"엄마, 다 튀겼어!"

"그래? 수고했다."

아주머니는 커다란 몸집에 어울리지 않는 종종걸음으로 재빨리 다가와 젖은 수건으로 냄비를 잡고 또다시 영차, 소리를 내며 불 위에서 내려 놓았다. 코페르는 힘이 장난 아닌데, 하고 또 한 번 감탄했다. 우라가와가 앞치마를 벗고 옆에 있는 신문지로 손을 닦았다. 그제야 코페르 앞에 학교에서 늘 보던 우라가와가 나타났다.

"너한테 이것저것 물어볼 게 있을 거야. 네 방으로 데려가."

아주머니가 우라가와에게 말했다. 우라가와가 평소 버릇대로 우물거리자 아주머니가 큰 소리로 코페르에게 말했다.

"학생, 그렇게 해. 이 아이도 학교 일로 걱정이 많았어…….지저분하긴 해도 이런 집도 있다는 걸 알아 두면 좋을 거야. 자, 빨리 데려가야지. 학생네 집은 깨끗하겠지만 세상에는 이렇게 사는 집도 많아."

코페르는 우라가와를 따라 이 층으로 올라갔다. 가게 뒤쪽에서 사다리를 오를 때마다 삐걱거리는 소리가 났다.

우라가와가 쓰는 방은 북향인데 허름했다. 낮은 창턱에 우윳빛 유리가 덜거덕거렸다. 코페르는 뿌연 창 너머로 밖을 내다보았다. 파란 겨울 하늘이 보였다. 바람이 심한지 유리창이 쉴 새 없이 덜컹거렸다. 창가에 있는 작은 책상 위에는 책과 공책 그리고 눈에 익은 우라가와의 가방이 있었다. 둘은 책상 옆에 얇은 방석을 깔고 마주 앉았다. 누가 먼저랄 것도 없이 화로에 손을 쬐었다. 우라가와의 손은 동상에 걸려 집게손가락 살갗이 허옇게 터 있었다.

"기말고사 언제부터지?"

우라가와가 물어보았다.

"17일부터."

"시험 범위도 벌써 다 나왔어?"

"아니, 다음 주 월요일쯤에는 나올 거야."

우라가와는 눈빛이 조금 어두워졌다.

"영어는 몇 페이지까지야?"

"16과 끝."

"수학은?"

"오늘부터 비례 들어갔어."

국어는? 역사는? 지리는? 박물은? 우라가와는 학교를 빠진 동안 진도가 얼마나 나갔는지 열심히 물어보았다. 코페르는 우라가와의 교과서를 펼치고 진도가 나간 곳까지 자세히 가르쳐 주었다. 우라가와는 코페르가 가르쳐 준 페이지에 표시를 하면서 수업을 못한 곳이 몇 장이나 되는지 세어 보았다. 코페르는 우라가와가 근심 어린 표정을 짓자 딱한 생각이 들었다.

"괜찮아. 닷새쯤 쉬었어도 금방 따라갈 수 있어."

"그럴까? 근데 난 낮엔 일하느라 시간이 없고 저녁만 되면 졸려서."

"요새 배우는 건 별로 어렵지 않아. 간단해."

"넌 머리가 좋잖아."

우라가와는 그렇게 말하며 씁쓸하게 웃었다. 우라가와는 평소에도 아직 깜깜한 새벽에 일어나 두부 만드는 것을 돕고 나서 서둘러 학교에 가고는 했다. 그래서 점심 무렵이면 졸음을 못 참고 어김없이 졸았다. 더욱이 지금처럼 아버지가 집을 비우고 종업원이 아프기라도 하면 일을 배운 지 얼마 안 되는 젊은 종업원과 엄마, 이렇게 셋이서 가게를 꾸려 나가야 한다. 평소보다 일이 세 배나 늘어난다. 또 우라가와는 아직 어리고 힘은 부족해도 일머리를 알고 있어서 일에 서툰 종업원도 가르쳐야 한다. 그런데 시험은 점점 다가오고 수업에는 빠지니, 학교만 생각하면 걱정이 되어 안절부절못한다.

"너, 학교는 언제부터 올 수 있냐?"

코페르도 덩달아 걱정스러워 물어보았다.

"아버지만 돌아오시면 내일이라도 갈 수 있는데……."

"아버지는 언제쯤 돌아오실 것 같은데?"

"그걸 잘 모르겠어. 원래는 그저께 오셨어야 하거든……."

코페르는 우라가와의 아버지가 어디에 가셨는지, 무슨 일 때문에 돌아오기로 한 날짜가 지나도록 소식이 없는지 물어보았다. 우라가와는 잠깐 뜸을 들이다가 어렵사리 사정을 설명했다.

아버지는 야마가타 현에 있는 고향에 내려가셨다고 한다. 우라가와의 어머니도 야마가타가 고향인데 우라가와의 삼촌과 큰어머니를 포함해 친척들이 지금도 많이 살고 있다고 한다. 코페르는 우라가와 부모님의 고향이 야마가타이면서 왜 두부 가게 이름은 사가미야라고 정했을까 궁금했다. 우라가와는 아버지가 전에 일하던 가게 이름이 사가미야였는데 독립해 지금 가게를 내면서 그 이름을 물려받았다고 설명해 주었다.

아버지는 돈을 마련하기 위해 고향에 내려갔다고 한다. 우라가와는 필요한 돈이 몇 백 엔인지, 몇 십 엔인지는 정확하게 모른다. 왜 돈이 필요한지도 잘 모른다. 다만 아버지는 지금 당장 돈이 필요하다고 했다. 돈을 마련하지 못하면 아주 곤란해진다고 했다. 아버지는 어떻게든 돈을 구할 방법이 없나 싶어 삼촌들과 의논해 보려고 눈이 많이 내리는 겨울에 야마가타 현에 있는 고향 마을까지 내려갔다. 돈을 마련하지 못했기 때문에 아직 안 올라오시는 것 같다.

우라가와가 알고 있는 사실은 여기까지인데, 이것만으로도 마음이 불안해졌다. 우라가와가 느릿느릿 이런 속사정을 털어놓을 때 얼굴에는 어른 같은 그늘이 짙게 드리워 있었다.

"이 얘기는 아무한테도 하지 마. 엄마도 내가 이런 건 모르는 줄 아셔."

우라가와는 작은 목소리로 속삭였다.

"아버지가 시골에 내려가기 전날 밤에 자다가 깬 적이 있어.

그때 아버지랑 엄마가 이런 말을 하시더라고."

코페르는 우라가와를 위로해 주고 싶었지만 적당한 말이 떠오르지 않았다. 함부로 입을 열기 힘들 만큼 방 안 공기가 무겁다. 태어나서 이토록 가슴이 먹먹해지는 기분은 처음 느껴 본다. 우라가와가 너무 불쌍했지만 친구를 위해 해 줄 수 있는 일이 아무것도 없었다. 우라가와가 아무에게도 이야기하지 않고 혼자 걱정해 온 것을 생각하면 지나가는 말로 위로해 줄 엄두가 나지 않았다. 코페르는 멍하니 화롯불만 보았다. 유리문이 덜커덕덜커덕 떨리고 윙윙거리는 바람 소리가 무섭게 들렸다.

"아무한테도 말하면 안 된다."

우라가와는 또 한 번 다짐을 받았다.

"걱정 마. 말 안 할게."

코페르는 이렇게라도 말을 건넬 수 있어서 구원받은 것 같았다. 이런 대답을 듣고 우라가와가 안심한다면 자기 마음도 조금은 편안해질 것 같았다.

"절대로 말 안 할게. 걱정하지 마. 새끼손가락 걸어도 좋아."

코페르가 새끼손가락을 내밀었다. 우라가와를 안심시킬 수 있다면 어떤 약속을 해도 괜찮다고 생각했다. 우라가와는 동상에 걸려 빨갛게 부풀어 오른 새끼손가락을 내밀어 코페르의 새끼손가락에 감았다. 두 사람은 새끼손가락에 힘을 주며 끌어당겼다. 이때만큼은 코페르도, 우라가와도 조금 심각해 보였다. 우라가와는 동상에 걸린 손가락이 조금 아팠지만 입을 꾹 다물고 드러내지 않았다. 둘은 손가락을 풀고 서로 마주 보며 웃었다. 우라가와의 눈동자에는 코페르를 믿는 마음이 가득했다.

그때 맞은편 방에서 힘없이 기침하는 소리가 들렸다.

"아 참, 기치돈을 깜빡했네……."

우라가와가 중얼거렸다.

"기치돈은 우리 집에서 일하는 종업원인데 감기에 걸려서 누워 있어. 잠깐만 보고 올게."

우라가와가 일어서는데 미닫이문이 열리더니 여섯 살쯤 되어 보이는 사내아이가 나타났다. 그 뒤로 초등학교 5, 6학년은 됐을 법한 여자아이가 과자 접시와 찻잔을 올려놓은 쟁반을 들고 서 있었다. 사내아이는 털실로 짠 웃옷에 털바지를 입고 있었는데 얼굴이 우라가와처럼 둥글고 눈이 작았다. 찬바람에 피부가 여기저기 터 있었다. 뺨에도, 손에도, 웃옷에도 때가 꼬질꼬질했다. 갓난아기를 등에 업고 있는 여자아이도 털실로 짠 옷을 입고 있었다. 사내아이는 문지방 앞에 서서 뚫어져라 코페르를 보고 있었다. 그 사이 여자아이가 공손히 쟁반을 받쳐 들고 방으로 들어왔다. 아마도 학교에서 배운 다도를 실제로 시험해 볼 수 있는 기회라고 생각했던 모양이다. 한껏 점잖은 태도로 한 발, 한 발 걸음을 옮기며 다가오는 모습이 마치 대표로 상장을 받으러 교단에 걸어 나오는 것 같았다. 여자아이는 코페르 앞에 와서 무릎을 꿇고 허리를 숙여 인사하고는 쟁반을 내밀고 나서 다시 고개를 꾸벅거렸다. 쟁반 위 접시에 담겨 있는 도미처럼 생긴 붕어빵에서는 뜨거운 김이 무럭무럭 나고 있었다.

"여동생?"

코페르가 우라가와를 보며 물었다.

"응, 쟤가 남동생."

우라가와의 여동생은 조심조심 일어서서 한두 번 뒷걸음치고는 밖으로 나가려고 가만가만 걸음을 옮기다 그 자리에 우뚝 서 있는 남동생을 보고는 소리쳤다.

"분짱, 뭐 하는 거야? 그러면 안 돼. 이쪽으로 와."

사내아이는 어느새 방 안으로 들어와 붕어빵을 뚫어져라 보았다. 누나가 하는 말 같은 건 귀에 들어오지도 않는 듯했다.

"이쪽으로 오라니까.

그럼 안 돼."

여동생이 남동생 손을 붙잡고 억지로 끌고 나가려고 했지만 분짱은 누나의 손을 뿌리치며 말똥말똥 붕어빵만 보고 있었다. 코페르는 접시에 있는 붕어빵 한 개를 집어 사내아이에게 주었다. 사내아이는 힐끗 코페르를 보고는 잠자코 받아 입안에 욱여넣었다. 누나가 무척 화를 냈다.

"너 정말 이럴 거야. 예의도 모르고. 엄마한테 다 이를 거야."

이렇게 말하면서 분짱의 손을 잡고 거칠게 밖으로 끌고 갔다. 분짱은 붕어빵을 씹으며 끌려 나갔다.

"내 여동생은 반장이야. 나보다 공부도 잘해."

우라가와가 말했다.

두 사람도 붕어빵을 먹었다. 코페르는 난생 처음 이런 과자를 먹어 보았다. 코페르의 어머니는 한번도 이런 과자를 사 준 적이 없었다. 엄마는 길거리에서 이런 과자를 사 먹다가는 배탈이 난다고 했기에 코페르도 먹고 싶다는 생각은 안 해 보았다. 그런데 배가 고픈 탓인지 꽤 맛있었다.

"쿨럭쿨럭."

또 힘없는 기침 소리가 들렸다.

"아, 내 정신 좀 봐. 기치돈 좀 보고 올게."

우라가와는 붕어빵을 먹다가 쟁반에 내려놓고 방을 나갔다.

우라가와가 나가고 나서 환자가 누워 있는 방에서 소곤거리는 이야기 소리가 들렸다.

"……괜찮아, 괜찮아."

우라가와가 말하는 소리였다. 코페르는 뭐가 괜찮다는 것인지 알 수 없었다. 상대방 목소리는 들리지 않았다.

"괜찮으니까 누워 있어. 내가……."

우라가와는 환자를 안심시키려는 듯 그렇게 말했다.

다시 미닫이문 열리는 소리가 들리고 복도 구석에서 우라가와가 무언가 하고 있는지 짤가닥거리는 소리가 들렸다. 코페르는 살며시 일어나 미닫이문을 조금 열고 소리가 들리는 쪽을 살펴보았다. 우라가와가 어두컴컴한 복도 구석에 쭈그리고 앉아 세숫대야에 담긴 얼음덩어리를 송곳으로 부수고 있었다. 우라가와 발밑에는 완전히 녹아 물이 되어 버린 얼음주머니가 있었다. 우라가와는 열이 높은 기치돈을 위해 얼음주머니를 바꾸고 있었다.

"이제 가 봐야겠어."

코페르는 오후 세 시가 다 되어 우라가와네 집에서 나왔다. 코페르는 우라가와와 한 가지 약속을 했다. 다음 주 수요일에 우라가와네 집에 와서 영어와 수학을 가르쳐 주고, 시험에 대비

해서 정리한 공책을 빌려 주기로 했다. 코페르가 우라가와를 위해 제안했다. 우라가와는 보답으로 다음에 코페르가 오면 가게에 있는 전동기를 움직여 보게 해 주겠다고 약속했다. 가게에는 반 평만한 콩 가는 기계가 있었다. 모터 동력으로 맷돌이 돌아가며 콩을 가는데, 우라가와는 코페르가 공부를 봐주는 답례로 이 기계를 움직여 보게 해 주겠다고 약속했다. 코페르는 무척 기뻐했다. 코페르도 백화점에서 산 장난감 전동기가 있기는 하지만 이렇게 큰 진짜 전동기하고는 비교가 안 된다.

"벌써 가려고?"

우라가와의 어머니는 가게에서 손님을 치르다가 코페르가 돌아가려는 것을 보고 커다란 목소리로 말했다.

"바빠서 제대로 대접도 못했네. 그래도 또 와. 우리 도메는 학생처럼 밝지 못해서 답답하기는 하지만 학생이 집에 와서 기뻤을 거야. 그렇지, 도메?"

우라가와는 수줍은 듯 웃으면서 고개를 끄덕였다.

우라가와에게 더욱 기쁜 소식이 일 분도 안 돼 찾아왔다. 코페르가 집에 가려고 가게를 나오자 우라가와가 배웅하겠다며 뒤따라 나왔다. 그때 하늘에서 새가 내려온 것처럼 빨간 자전거 한 대가 달려오더니 가게 앞에 멈추었다. 자전거에 타고 있던 청년이 휙, 하고 내리며 외쳤다.

"우라가와 씨 전보!"

말할 것도 없이 야마가타 현에서 아버지가 보낸 전보다. 우라
가와도 그것을 알아차렸는지 전보를 읽고 있는 어머니의 얼굴
을 유심히 살펴보았다. 어머니 표정만 봐도 이 전보가 좋은 소
식인지, 나쁜 소식인지 알 수 있다. 우라가와는 물론이고 코페
르까지 어머니가 전보를 다 읽고 나서 어떤 표정을 지을지 궁금
해서 통통하게 살이 찐 아주머니의 얼굴에 눈길을 보냈다. 아주
머니는 미간을 살짝 찡그리며 전보를 읽더니 싱긋 웃었다. 둘은
크게 안심했다. 아주머니 얼굴에도 안심하는 기색이 뚜렷했다.

"오늘 저녁에 아빠가 오신다는구나. 읽어 봐……."

아주머니가 우라가와에게 전보를 건넸다. 전보에는 연보랏
빛 글씨로 이렇게 적혀 있었다.

"이야기 잘됐어. 오늘 밤 간다."

두 사람은 가게 밖으로 나왔다. 파란 하늘 아래로 차가운 바
람이 지붕을 스치고 지나갔다. 코페르와 우라가와는 어깨를 나
란히 하고 사람들로 빽빽한 굴 같은 골목을 빠져나와 전차 정류
장까지 걸어갔다. 우라가와한테는 지나가는 사람들이 보이지
않는 것 같았다.

"이야기가 잘됐다는 건……."

우라가와가 목소리를 낮추며 말했다.

"삼촌들이 도와주신다는 뜻일 거야."

"맞아."

"그렇겠지?"

"당연하지."

두 사람은 흥분을 감출 수 없었다. 우라가와는 이제 더 걱정하지 않아도 된다. 학교에도 다시 나올 수 있다. 우라가와가 얼마나 기뻐하고 있는지는 힘차게 내딛는 걸음만 봐도 한눈에 알 수 있었다. 학교에 가 봤자 놀림을 당하거나 바보 취급 당하기 일쑤인데 학교에 갈 수 있다고 이토록 즐거워하고 있다.

골목 끝 큰길에서 두 사람은 헤어졌다.

"그럼 또 봐……."

우라가와는 서운한 듯 인사를 남기고 앞치마를 두른 장사꾼들이 부지런히 돌아다니는 좁은 골목 안으로 돌아갔다. 코페르는 찬바람이 거세게 부는 거리에서 고개를 숙여 바람을 피하며 힘차게 걸어갔다. 다리에 힘을 주고 열심히 걸어야만 할 것 같았다.

　다음 주 수요일, 코페르는 약속한 대로 우라가와를 찾아갔다. 그날 일어난 이야기를 옮기면 너무 길어지니까 생략하겠다. 우라가와는 코페르가 도와줘 뒤처진 공부를 할 수 있어 한시름 놓았고, 코페르는 대형 전동기에 스위치를 켜거나 끄면서 작동시켜 볼 수 있어서 아주 만족했다. 코페르가 윙, 하는 소리를 내며 전동기 돌아가는 것을 만족스레 구경하고 있자 우라가와의 어머니, 저 뚱뚱한 두부 가게 아주머니는 남자처럼 두 손으로 허리를 짚고 이상하다는 듯 보았다.
　'우리 애랑 이 학생은 어쩜 이리도 다르지.'
　아주머니는 틀림없이 그렇게 생각했을 테다.

　코페르는 집에 돌아와 늦은 저녁을 먹었다. 그러고는 벌써 밤여덟 시나 되었지만 이웃에 사는 외삼촌을 찾아갔다. 외삼촌은 각로(이불 속에 넣는 화로)를 쬐면서 전등을 낮게 내려뜨려 신문을 읽고 있었다. 코페르도 각로에 발을 집어넣으며 자랑스레 말했다.
　"외삼촌, 나 오늘 전동기 운전해 봤어."

"전동기라니? 장난감 전동기?"

"외삼촌 지금 나랑 장난해? 진짜야. 진짜 전동기를 운전해 봤다고."

"그래? 대단한데. 어떻게 생긴 전동기였는데?"

코페르는 이런 질문을 받자 두부 가게에서 콩을 갈 때 쓰는 전동기라고 대답하기가 조금 쑥스러웠다. 그래서 대답을 생각하느라 잠깐 입을 다물고 있는데 외삼촌이 또다시 물어보았다.

"공장에라도 갔니?"

"응."

"무슨 공장?"

"식료품 제조 공장!"

코페르는 잘난 척하며 대답했다.

"식료품이라니, 어떤 건데?"

"말하자면 콩을 원료로 해서……."

"그러고는?"

"그걸 삶아서……."

"그러고는?"

"완전히 으깨서……."

외삼촌은 여기까지 듣고 싱글벙글 웃었다. 그러고는 코페르가 한 말을 이어받아 그 다음을 설명해 나갔다.

"그러고는 으깬 콩을 나무틀에 담아 삶고, 두께 2센티미터, 세로 14.5센티미터, 가로 7센티미터만하게 잘라서…… 찬물에 식혀 하나에 5전씩 판다……. 그 얘기지?"

"어떻게 알았지?"

코페르는 머리를 긁적였다. 외삼촌도 잠깐 웃다가 이내 진지한 얼굴을 하고 물었다.

"우라가와네 집에 갔구나?"

코페르는 우라가와네 집에 왜 두 번이나 찾아갔는지 털어놓았다. 코페르는 우라가와네 집에서 보고 들은 것이 신기하기만 했다. 코페르는 자기가 본 것을 외삼촌에게 설명할 수 있어서 무척 즐거웠다.

"우라가와와 걔네 엄마로 말하면 정말 대단해. 기름이 가득 들어 있는 커다란 냄비를 영차, 하고 소리를 지르면서 혼자 들었다고. 우라가와네 엄마가 외삼촌보다 힘이 더 셀 거야."

"대단하구나. 우라가와네 집에 잘못 찾아갔다간 그 길로 쫓겨나겠어."

"아니야, 나쁜 짓만 안 하면 괜찮아. 친절해서 아주 좋아."

코페르는 외삼촌이 묻는 대로 우라가와네 가게와 우라가와에 대한 이야기를 자세히 말했다. 그러나 우라가와의 아버지가 야마가타까지 돈을 빌리러 갔다는 말은 끝내 하지 않았다. 코페르는 우라가와하고 한 약속을 지켰다.

이야기를 다 듣고 외삼촌이 말했다.

"너희들하고 우라가와는 사는 환경이 다르구나. 우라가와가
다른 아이들하고 친해지지 못하는 것도 무리는 아니야. 그런데
코페르, 네가 한 가지 생각해 봐야 할 게 있어."

"뭔데?"

"너희들과 우라가와가 가장 다른 게 뭐라고 생각해?"

"글쎄."

코페르는 조금 당황했다. 잠깐 우물거리다가 어렵사리 말을
꺼냈다.

"우라가와는 가난해. 그게 우리랑 달라."

"그래."

외삼촌은 고개를 끄덕였다.

"그럼 이번에는 집이 가난하다는 걸 떠나서 우라가와하고 너
희들이 다른 점은 뭘까?"

"글쎄."

코페르는 대답하기 어려웠다.

그때 시계가 아홉 시 삼십 분을 가리키며 울렸다. 내일도 학
교에 가야 한다. 밤을 새우며 외삼촌 집에 머물 수는 없다. 외삼
촌과 코페르는 여기에서 이야기를 마치고 코페르는 서둘러 집

으로 돌아갔다.

　외삼촌이 마지막에 한 질문은 아주 중요한 문제다. 그래서 또 한 번 외삼촌이 쓰는 노트를 펼쳐 이 문제를 어떻게 적어 놓았는지 읽어 보기로 하겠다. 외삼촌은 그날 밤에도 코페르가 돌아가고 나서 노트에 무언가 열심히 적었다.

가난에 대하여

1.

코페르.

　우라가와를 도와준 건 정말 잘한 일이야. 우라가와는 학교에서 친구들에게 따돌림당한 적이 있어서 진심으로 기뻐했을 거라고 생각해. 너도 집안 환경이 어렵고 외로운 친구가 기뻐하는 모습을 보고 기분이 좋아졌을 거야. 또 모두 우습게 여기던 우라가와가 실제로는 착하고 친절하다는 것을 알게 되었지. 그런 뜻에서 우라가와네 집에 찾아간 것은 정말 귀한 경험이었어. 네가 우라가와를 도와준 이야기를 할 때 우라가와를 업신여기는 듯한 태도가 느껴지지 않아서 다행이라고 생각했는데, 아마도 너와 우라가와 둘 다 정직했기 때문이라고 생각해. 만일 우라가와가 비뚤어져 있었다면 너는 '공부도 못하는 주제에.' 하고 생각했을지도 몰라. 입 밖으로 말은 하지 않더라도 '가난뱅이 주제에.' 하고 우습게 여겼을지도 몰라. 네 마음속에서 그런 생각이 들지 않았던 것은 우라가와가 순진하고 다정한 아이였기 때문이란다. 만약 네가 공부를 잘한다고 가정 형편이 어려운 우라가와를 업신여기면서 어쩔 수 없이 도와주는 것처럼 했다면 아무리 우라가와가 착하다고 해도 기쁘게 받아들이지는 못했을 거야. 서로가 숨겨야 할 마음이 없었다는 것이 정말 대견스럽구나. 더구나 우라가와네 가정 형편이 어려운 것을 보고도 네 안에서 얕잡아보는 듯한 교만한 감정이 생기지 않은 것을 외삼촌은 큰 자랑으로 여기고 있단다.

코페르, 어른이 되어 갈수록 조금씩 알게 되겠지만 가난한 사람들 가운데는 자신의 환경에 열등감을 느끼는 사람들도 있단다. 자기가 입고 있는 초라한 옷과 자기가 살고 있는 낡은 집과 날마다 먹는 변변찮은 음식에 부끄러움을 느끼는 것이지. 가난해도 긍지를 잃지 않고 살아가는 훌륭한 사람들도 많지만 이 세상에는 돈 있는 사람 앞에서 머리를 들지 못하는, 마치 자기는 그런 사람들하고는 신분이 다르다는 듯 쓸데없이 굽실거리는 사람도 많아. 이런 사람이라면 절대로 좋게 봐줄 수 없지. 돈이 없어서가 아니란다. 근성이 비굴하기 때문이야. 인간의 진정한 가치는 그 사람이 입고 있는 옷이나, 집이나, 먹는 음식으로 증명되지 않아. 값비싼 옷과 호화스런 집에 살아도 어리석은 인간은 어리석은 짓을 하게 돼 있어. 그런 사람이 좋은 옷을 입고 훌륭한 집에 산다고 해서 그 사람의 가치가 높아질 수는 없단다. 반대로 마음씨가 고결하고 인격을 제대로 갖춘 사람이라면 비록 가난할지라도 언젠가는 사람들에게 존경받는 위대한 인물이 되는 법이란다. 그러므로 자신의 가치에 자부심을 가진 사람이라면 환경에 얽매이지 않고 자기가 바라는 삶을 살아갈 수 있지. 우리도 가난할지라도 그 때문에 자신을 스스로 낮추지 않고, 또 부유하다고 해서 마치 위대한 사람이라도 된 것처럼 착각하지 않고 언제나 자신의 가치를 판단하면서 살아가야 할 거야. 가난해서 열등감을 느낀다면 그것은 아직 사람답게 성장하지 못했다는 증거란다.

코페르, 방금 외삼촌이 한 말, 가슴에 깊이 새겨 두기 바란다. 만일 풍요로운 네 환경을 조금이라도 자랑하고 싶다거나, 가난한 사람들을 내려다보며 우쭐거리고 싶어진다면 너는 다른 사람들에게 비웃음을 사게 될 거야. 사람으로서 가장 중요한 것이 무엇인지 모르는 사람, 딱하고 어리석은 사람이라는 꼬리표가 붙게 되는 거란다. 다행히 너는 우라가와네 집에서 조금도 이런 기분에 젖지 않았어. 가난한 사람들을 업신여기는 마음이 네 안에 없다는 것을 나도 알고 있어. 문제는 지금 같은 마음이 어른이 되어서도 변함없이 네 안에 깃들어 있어야 한다는 점인데, 그건 아무도 모르는 일이란다. 이번 기회에 그런 마음이 얼마나 중요한지 생각해 보면 좋겠구나. 네가 이 세상을 알아 가면 알아 갈수록 그런 마음이 중요해질 거야. 아니, 이 세상을 바로 알기 위해서라도 절대 잊어서는 안 될 중요한 마음이야. 이 세상을 살아가는 사람들은 대부분 가난하기 때문이란다. 그리고 아주 많은 사람들이 인간다운 생활을 누리지 못하고 있다는 게 우리가 살아가는 이 시대의 가장 큰 문제이기 때문이란다.

2.

우라가와네 집에 찾아가면서 우라가와네 집과 네가 사는 집이 어떻게 다른지 알아차렸을 거야. 우라가와가 너보다 가난하다는 것을 알게 되었지. 그런데 세상에는 우라가와보다 가난한 사람이 훨씬 많단다. 그 사람들 눈에는 우라가와 정도면 감히 가난하다고 말해서는 안 되는 환경에서 사는 거야. 네가 이런 말을 듣는다면 깜짝 놀라겠지.

그렇다면 우라가와네 두부 가게에서 일하는 젊은 종업원을 생각해 보렴. 그 사람들은 몇 년이 지나 우라가와의 부모님처럼 독립해 가게를 차리는 게 희망일 거야. 우라가와네 집이 가난하다고는 해도 아이들을 중학교에 보내고 있어. 아마도 젊은 종업원들은 초등학교만 다니고 학교를 그만뒀을 거야. 우라가와네 집은 두부를 만드는 기계가 있고, 원료인 콩을 살 돈이 있고, 젊은 종업원에게 월급도 주는 엄연한 기업이야. 하지만 가게에서 일하는 젊은 종업원들은 자기 몸밖에는 생계를 꾸려 나갈 밑천이 없단다. 온종일 몸을 움직여야 먹고살 수 있어. 이런 사람들이 불치병에 걸려 일을 하지 못한다면 어떻게 될까? 자신의 노동력 하나만 믿고 살아가는 사람들에게 몸이 아파 일을 하지 못하는 것은 굶어죽는 것이나 마찬가지야. 안타깝게도 세상에서는 몸이 망가지면 가장 곤란할 사람들이 몸이 망가지기 쉬운 환경에서 살아가고 있단다. 모자라게 먹고, 비위생적인 곳에 살면서 피로를 푼다는 생각조차 하지 못한 채 날마다 하루하루를 쫓기듯이 힘들게 일하면서 살아가고 있어.

지난해 여름에 엄마랑 외삼촌이랑 나가노 현에 있는 보슈에 놀러 갔을 때 료고쿠 역(도쿄의 기차역)의 가공 철도 위에서 혼조 구와 조토 구(도쿄의 자치구. 서민 밀집 지역)에 숲처럼 흩어져 있는 크고 작은 굴뚝들이 쉴 새 없이 연기를 토해 내던 모습을 구경했지. 그날은 아주 더웠어. 눈부신 여름 햇살이 쏟아지는 땅에는 빼곡하게 붙어 있는 지붕들과 그 사이에 하나씩 솟아 있는 굴뚝들이 지평선 너머까지 이어져 있었지. 그 굴뚝 위를 지나온 뜨거운 바람이 스며들어와 기차 안까지 답답했어. 너는 료고쿠 역을 지나자마자 아이스크림이 먹고 싶다고 말했어. 우리가 도쿄의 무더위를 참지 못하고 보슈에 놀러 가던 그날에도 수많은 굴뚝 아래서는 수십 명, 수백 명이나 되는 노동자들이 땀을 흘리고 먼지를 마시며 힘들게 일하고 있었단다. 기차가 도쿄를 빠져나와 푸릇푸릇하게 익어 가는 벼들이 창가에 비칠 때에야 비로소 바람이 시원해졌고 이제야 좀 살 것 같다고 마음을 놓았지. 그런데 논에서 벼가 익어 가는 것은 한여름에도 피서는 꿈도 못 꾸는 농부들이 힘들게 가꾸었기 때문이야. 실제로 차창 너머로 논 곳곳에서 아주머니들까지 섞여 허리를 물에 적시며 김을 매는 모습을 보기도 했지.

그런 사람들도 기억해야 한단다. 그런 사람들이 일본 곳곳에, 아니 온 세계 모든 나라에서 인구의 절반 이상을 차지하고 있단다. 그 사람들은 평소에 아무리 불편해도 참고 견뎌 낼 수밖에 없어. 열심히 일해도 돈이 없어서 제때 병원에도 못 갈 정도란다. 하물며 인류의 자랑인 예술을 이해하고 명화와 명곡을 즐기는 특권은 누릴 수 없는 꿈일 뿐이지. 코페르, 너는 사람이 짐승과 비슷한 생활을 하던 수만 년 전부터 얼마나 긴 세월을 거치고 노력해서 오늘날과 같은 문명을 이루게 되었는지 그 역사를 알고 있을 거야. 하지만 인류가 노력해서 쌓은 성과도 오늘날 모든 사람들에게 공평하게 돌아가고 있지는 않아.

"그런 법이 어딨어."

너는 이렇게 말할지도 몰라. 맞아, 분명히 잘못된 일이야. 사람으로 태어나서 사람답게 살아가지 못한다면 인류가 쌓아 올린 문명은 거짓이 돼. 모두가 똑같이 대접받지 못하는 세상이라면 그 세상은 거짓이야. 정직한 사람이라면 이 생각에 반대하지 않을 거야. 그런데 우리가 정직하게 생각해도 세상은 정직해지지 않는구나. 인류는 진보했지만 그 진보가 사람들 마음속까지는 미치지 못하고 있어. 그 때문에 아직도 해결하지 못한 문제가 아주 많단다. 가난 때문에 생긴 참혹한 일들과 가난 때문에 불행해진 수많은 사람들, 가난 때문에 싸우는 사람들 이야기는 행복하게 살고 있는 너에게 별로 들려주고 싶지 않구나. 굳이 지금 알려 주지 않더라도 언젠가는 그 모든 진실을 알아야만 할 때가 올 거야.

그렇다면 세상이 이처럼 발전했는데도 여전히 힘들게 고통받는 사람들이 생기는 까닭이 무엇일까? 왜 세상에서 불행이 사라지지 않는 것일까? 네 나이에 이런 문제들을 똑바로 판단하고 이해하기란 무척 어려워. 다만 네가 지금 당장 알아야 할 것이 있단다. 이처럼 불공평한 세상에서 너는 별다른 방해도 받지 않고 마음껏 공부하면서 네가 타고난 재능을 조금씩 키워 나가고 있는데, 이보다 더 고마운 일은 없다는 거야. 코페르! '고마움'에 담긴 진짜 뜻이 무엇인지 한번 생각해 보렴. 흔히들 '고맙다.', '고맙다고 말해야 한다.'는 뜻으로 '고마움'이라는 말을 쓰고는 하는데, 그 말은 본디 '그렇게 되기 어렵다.', '웬만해서는 있을 수 없는 일이다.' 하는 상황에서 쓰는 말이란다. 나는 본디 이렇게 행복해질 수 없다고 생각할 때 마음에서 우러나오는 기분, 그게 바로 '고마움'이라는 마음이란다. 고마운 마음이 '고맙다.'라는 말이 되어 나타나고, 그 말에는 고마울 수밖에 없는 상황이 드러나는 거란다. 이 넓은 세상을 둘러보고 지금의 너를 되돌아보면 고마운 마음이 드는 것과 같다고 볼 수 있지.

모두가 너처럼 초등학교를 졸업하고 중학교에 들어가는 건 아니야. 중학교에 다녀도 우라가와 같은 환경에서는 집안일을 도와야 해서 마음 내키는 대로 공부할 수 있는 것도 아니야. 그에 견주면 네 둘레에는 공부를 방해하는 어떤 장애물도 없어. 네가 바라기만 하면 인류가 수만 년 동안 노력해서 쌓아 올린 모든 지식을 자유로이 얻을 수 있어. 외삼촌이 더 말하지 않더라도 너는 알게 될 거야. 너처럼 혜택받은 사람은 어떻게 해야 할까. 어떤 마음가짐으로 살아야 할까. 내가 말하지 않아도 너에겐 너만의 생각이 있을 것이라고 믿는다. 돌아가신 네 아버지처럼, 너에게 모든 희망을 걸고 있는 어머니처럼 나도 너에게 기대를 걸고 있단다. 네 재능을 더욱 키워 세상에 도움을 주는 사람이 되면 좋겠구나. 부탁한다, 코페르!

3.

끝으로 한 가지 문제를 낼 테니 잘 생각해 봐.

너는 "그물코의 법칙"으로 사람들이 어떤 식으로 연결되는지를 생각해 봤어. 어려운 환경 속에서 열심히 일하며 살아가는 사람들과 그에 견주면 편안한 환경에서 생활하는 우리는 일상에서 마주칠 기회가 거의 없지만 실은 무척 단단한 그물코로 한데 이어져서 살아가고 있단다. 우리가 그 사람들의 삶을 잊고 우리만 행복해지기를 바라면서 살아간다면 큰 잘못이야. 그 사람들을 기억하는 것도 중요하지만 불쌍한 사람들, 불행한 사람들, 내가 동정해 줘야 할 사람들이라고 기억해서는 안 돼. 코페르, 지금부터 내가 하는 이야기를 잘 듣고 명심해야 해.

가난한 가정에서 태어나 초등학교를 겨우 마치고 힘든 육체노동에 시달리며 어른이 된 사람들 가운데는 지금 네가 알고 있는 지식도 모르는 사람이 아주 많아. 기하라든가, 대수, 물리 같은 것은 중학교에 들어가야 배울 수 있으니까 말이야. 단순히 지식만 놓고 본다면 어린 네가 그 사람들보다 뛰어나게 훌륭해. 하지만 관점을 달리해서 생각하면 그들이야말로 이 세상을 어깨에 짊어지고 받쳐 주는 주인공들이야. 너 같은 아이들과는 비교도 안 될 만큼 훌륭한 일을 하는 사람들이란다. 한번 생각해 봐. 세상 사람들이 살아가는 데 필요한 것들 가운데 무엇 하나 인간의 노동력이 필요 없는 것은 없어. 학문과 예술 같은 고상한 업적도 그것을 탐구하는 사람들이 이마에 땀을 흘리며 만들어 냈지. 그 사람들이 노력하지 않았다면 문명도, 세상의 진보도 기대할 수 없었을 거야.

그럼 넌 어떠니. 지금 너는 무엇을 만들고 있지? 세상에서 여러 가지를 받았듯이 너도 세상에 무언가 주고 있을까? 고민할 필요도 없이 너는 받은 것을 쓰기만 할 뿐 아무것도 만들어 낸 게 없어. 날마다 세 끼를 먹고 과자, 공부할 때 쓰는 연필, 잉크, 펜, 종이……. 이제 겨우 중학생인 너마저도 날마다 많은 것을 소비하며 살아가고 있어. 옷과 신발, 책상 같은 도구들, 네가 살고 있는 집도 언젠가는 수리하고 새로 지어야 할 테니 이것도 날마다 소비하고 있는 것이나 마찬가지지. 이렇게 본다면 너는 소비 전문가로 산다고 해야겠구나.

사람은 누구나 먹고 입어야 해. 소비하지 않고 생산만 하면서 사는 사람은 없어. 그리고 생산이란 쓸모 있는 소비를 목적으로 하고 있으니 소비 자체가 나쁠 수는 없겠지. 하지만 자기가 소비하는 것보다 더 많은 것을 생산해서 세상을 윤택하게 만드는 사람들과 자기는 아무것도 생산하지 않으면서 소비만 하는 사람들을 견주어 본다면 이 세상에 필요한 사람은 누굴까? 너도 이런 질문은 쓸데없다고 생각하겠지. 생산하는 사람이 없다면 그것을 맛보고 즐기면서 소비하는 사람도 없어. 무엇인가를 만드는 행위야말로 사람을 사람답게 만들어 주는 가장 높은 가치란다. 음식과 옷 같은, 생활에 꼭 필요한 물건만이 아니야. 학문도, 예술도 그것을 만들어 내는 사람들이 받아들이고 즐기는 사람들보다 훨씬 중요하단다. 너도 앞으로는 생산하는 사람과 소비하는 사람의 다른 점을 언제나 기억해 두기 바란다. 네가 생산과 소비라는 관점으로 세상을 바라볼 줄 알게 된다면 부자라고 해서 고결한 가치를 갖고 살지는 않는다는 것을 알게 될 거야. 반대로 세상 사람들이 멸시하는 이들 가운데 네가 머리를 숙이고 존경해야 할 사람들이 많다는 것도 깨닫게 될 거야.

코페르, 이것이 너희들과 우라가와와의 가장 큰 차이점이란다. 우라가와는 아직 어리지만 세상에서 필요한 뭔가를 만들어 내고 있어. 생산하는 사람들 자리에 어엿하게 서 있어. 우라가와의 옷에서 유부 냄새가 나는 건 자랑이지 절대로 창피한 일이 아니란다. 이런 말을 해서 아직은 소비밖에 할 줄 모르는 너를 다그치는 것처럼 생각할지도 모르겠는데 그런 뜻으로 꺼낸 말은 아니란다. 너희는 이제 겨우 중학생이야. 세상에 발을 내딛으려고 준비하고 있어. 앞으로도 지금처럼 지내도 너희를 비난할 사람은 없어. 그래도 너희는 소비 생활만 한다는 것은 꼭 기억해 둬야겠지. 너희는 우라가와가 비록 어쩔 수 없는 환경 때문이라고는 해도 게으름 부리지 않고 가게 일을 돕는 것을 존경해야 해. 우라가와의 처지를 무시하고 얕보는 것은 자기 분수를 모르는 어리석은 짓이야.

네가 이런 이야기를 마음속 깊이 새겨 놓고 스스로 생각해 봤으면 하는 게 있단다.

너는 날마다 생활하면서 너한테 필요한 물건을 소비만 할 뿐, 아무것도 생산하지는 못하고 있어. 그런데 네가 깨닫지 못하고 있을 뿐이지 실은 너도 모르는 사이에 아주 중요한 어떤 것을 날마다 만들어 내고 있단다. 그게 과연 뭘까? 코페르, 이 문제의 답은 너 스스로 찾아내야 한단다. 서두를 필요는 없어. 이 질문을 잊지 않고 언젠가 그 답을 발견하기만 하면 되니까. 절대로 다른 사람에게 물어봐서는 안 돼. 또 남들이 답을 가르쳐 줘도 그 답이 네 답이 된다고는 장담할 수 없단다. 스스로 발견할 것! 이 말을 잊어서는 안 된다. 운이 좋아서 내일 당장 그 답을 찾을 수 있을지도 모르겠구나. 또는 어른이 되어서도 여전히 답을 찾지 못할 수도 있고. 그러나 외삼촌은 사람들은 모두 자기 삶에

서 반드시 이 답을 찾을 것이라고, 아니, 꼭 찾아야 한다고 믿고
있단다.

　방금 던진 질문을 마음속에 간직하고 시간 날 때마다 생각해
봐. 답을 찾아보길 잘했다고 생각하는 날이 올 거야. 알겠지? 절
대로 이 질문을 잊어서는 안 돼.

나폴레옹과 네 친구

　겨울이 내려앉은 시나가와(도쿄 도 남동부 도쿄 만에 가까이 있는
구) 바다가 훤히 바라다보이는 다카나와(도쿄 도 미나토 구의 한 지
역)의 우거진 숲길을 따라가면 미즈타니가 사는 넓은 서양식 집
이 나온다. 집 둘레에 철책을 두른 담이 늘어서 있고 슬레이트
로 이은 높다란 지붕 위에서는 풍향계가 돌아간다. 메이지(일
본 메이지 천황 시대의 연호. 1867~1912년) 시대의 흔적이 남아 있는
고풍스런 서양식 집은 정원수에 둘러싸여 언제나 한적하기만
하다.

　1월 5일, 코페르는 오랜만에 미즈타니를 만나러 이 예스런
집을 찾았다. 기타미와 우라가와도 함께 오기로 했다. 2학기 시
험도 무사히 끝나고 방학하는 날에는 시험 결과도 나왔다. 그
날 아침에 미즈타니는 코페르와 기타미 그리고 우라가와에게 1

월 5일에 놀러 오라고 초대했다. 코페르는 초등학생 때 몇 번인가 미즈타니를 찾아간 적이 있지만 기타미와 우라가와는 이번이 처음이다. 우라가와까지 초대한 까닭은 미즈타니가 코페르가 하는 이야기를 듣고 우라가와에게 호감을 갖게 되었기 때문이다.

2학기 시험 결과로 말하면 코페르는 이번에도 성적이 좋았다. 걱정했던 우라가와는 지난 학기보다 오히려 성적이 올랐다. 더구나 영어 점수가 많이 올라서 우라가와 본인도 깜짝 놀랐다. 코페르가 도와준 게 효과를 꽤 본 모양이다. 우라가와도, 코페르도 좋은 기분으로 새해를 맞이했다. 코페르는 이런 좋은 기분으로 1월 5일에 세 친구들과 모여 놀 생각을 하니 무척 즐거웠다. 도쿄의 겨울치고는 드물게 바람이 없는 화창한 아침, 코페르는 새해를 맞아 장식용 나무를 대문마다 걸어 둔 고급 주택가를 빠른 걸음으로 땀까지 흘리면서 지나갔다. 가는 곳은 당연히 미즈타니네 집이다.

미즈타니네 집에도 나무 장식이 있다. 돌을 겹쳐 쌓고 그 위에 어른 키보다 큰 굵은 소나무를 세워 놓았다. 마치 의장병처럼 받들어총을 하고 서 있는 것 같다. 대문 안으로 들어서면 늙은 모밀잣밤나무가 하늘을 덮듯이 서 있다. 나무 밑동을 따라 자갈을 깐 길이 이어진다. 그 길을 따라 올라가면 포치(건물의 현

관 또는 출입구의 바깥쪽
에 튀어나와 지붕으로 덮
인 부분)가 멋있는 웅장
한 현관이 나온다. 현
관 앞 잔디밭에는 퉁
퉁한 종려 네다섯 그
루가 털이 수북한 몸

을 서로 비벼 대며 하늘로 솟아 있는 것이 보인다. 종려 가지들
은 저마다 희한한 모양으로 지붕 너머에서 비추는 햇살에 손을
내밀고 있다.

평소라면 무겁게 잠겨 있어야 할 현관이 이날은 활짝 열려 있
다. 현관 입구에 방문객이 명함을 담아 두는 상자가 입을 벌리
고 있다.

"다른 아이들은 벌써 왔을까."

코페르는 궁금해하면서 초인종을 눌렀다. 낯익은 서생(남의
집에서 일을 해 주면서 돈을 벌어 공부하는 사람)이 달려 나왔다. 서생
은 코페르를 보고 반갑게 인사했다.

"어서 오세요. 다들 기다리고 있어요."

코페르가 신발을 벗으며 옆을 돌아보자 소나무 화분 옆에 바
닥이 두꺼운 편상화와 축구화가 나란히 놓여 있었다.

코페르는 서생을 따라 융단을 깔아 놓은 어둡고 구불구불한 복도를 지나가면서, 올 때마다 느끼지만 정말 큰 집이라고 생각했다. 방이 이렇게 많은데 어디에 쓰는지 궁금했다. 하지만 서생은 아무 말도 없이 빠르게 걸음을 옮겼다. 코페르도 점잖게 따라가는 수밖에 없었다.

미즈타니가 쓰는 방은 별채에 있다. 이곳은 미즈타니 아버지가 미즈타니 형제를 위해 철근 콘크리트로 새로 지은 건물인데 방마다 창문을 여러 개 내서 햇빛이 잘 들어온다. 어느 방에서든 넓은 시나가와 만이 보인다. 미즈타니의 아버지는 실업계에서 유명한 분이다. 여러 회사를 운영하면서 은행 이사, 감사, 총재 같은 직책을 맡고 있어 직함을 세는 데도 열 손가락이 부족할 정도다. 미즈타니의 아버지는 미즈타니 형제가 행복할 수만 있다면 무엇이든 아낌없이 베풀어 주었다. 서생과 코페르가 마침내 미즈타니 방 앞에 왔다. 서생이 똑똑, 하고 문을 두드렸다. 그러자 맑고 고운 여자 목소리가 들렸다.

"들어와요. 이번엔 누구지?"

코페르도 귀에 익은 목소리다.

문을 열자 환한 방 안에 노란 스웨터를 입은 그림자가 재빨리 움직여 코페르 쪽으로 다가왔다. 열일고여덟 살쯤 되고, 머리를 단발로 깔끔하게 자른 예쁜 아가씨다. 바로 미즈타니의 누나다.

미즈타니와 기타미, 우라가와는 따뜻하게 햇살이 비치는 창가에 웬일인지 얌전하게 앉아 있었다.

"아, 코페르? 늦었네. 안 오는 줄 알았어."

미즈타니 누나는 그렇게 말하며 코페르를 반겼다. 그러고는 새삼 인사를 건넸다.

"새해 복 많이 받아."

"새해 복 많이 받으세요."

코페르는 대답하면서 자기도 모르게 이상하네, 하고 생각했다. 미즈타니의 누나가 자기네들처럼 바지를 입고 있었기 때문이다. 하지만 미즈타니의 누나는 코페르의 표정을 보고도 신경 쓰지 않고 계속 말했다.

"오랜만이야. 코페르, 여전히 작네."

"웃기지 마. 이래 봬도 지난해보다 5센티미터나 컸다고!"

코페르가 반박했다.

"가쓰코 누나도 큰 키는 아니잖아."

"얘 좀 보게. 난 우리 반에서 아홉 번째로 키가 커. 누구처럼 끝에서 두 번째는 아니야."

"치잇……. 뭐 상관없어. 누나가 그렇게 말하고 싶다면 하는 수 없지."

코페르는 더 대꾸하지 않았다. 그러고는 아이들이 앉아 있는 곳으로 갔다. 세 사람은 일어서서 코페르와 "새해 복 많이 받아." 하고 인사를 나눴다. 코페르가 뭘 하고 있었는지 물었다.

"네가 올 때까지 미즈타니 누나가 해 주는 얘기를 듣고 있었어."

기타미가 대답했다.

"재미있어. 너도 들어봐."

코페르는 옆에 있는 의자에 앉았다. 의자는 등과 허리 부분에 두껍게 천을 대서 고급스러웠다. 방 안에 있는 책상과 책장, 스탠드는 장식이 화려하지 않은 산뜻한 모양으로 통일되어 있다. 그래서 방 안에 들어서면 깔끔하고 현대적인 밝은 분위기가 느껴진다. 커다란 창문 너머로 멀리 시나가와 바다에 쏟아지는 햇빛이 반짝이는 게 보인다.

"가쓰코 누나가 동화라도 얘기해 줬나 보지?"

코페르가 물었다.

"그런 실례가 되는 말이 어딨어. 난 지금 영웅 정신에 대해 말해 주고 있었어."

가쓰코가 대답했다.

"되게 어렵네."

"하나도 안 어려워. 난 남자든 여자든 영웅 정신을 가져야 한다고 생각해."

가쓰코가 말하기 무섭게 기타미가 재촉했다.

"그런 건 됐으니까 아까 하던 얘기나 계속해."

그래서 가쓰코는 둘러앉아 있는 아이들 앞에서 다시 이야기를 이어 갔다.

"……좀 전에 말하다 말았는데 이 바그람(오스트리아 비엔나 근교에 있는 도시) 전투에는 아주 재미난 이야기가 있어. 1809년 7월에 한쪽은 나폴레옹이 이끄는 프랑스군, 다른 한쪽은 오스트리아와 러시아 연합군, 이렇게 두 군대가 도나우 강변에서 충돌했어. 세 나라가 운명을 걸고 싸운 거야. 엄청나게 큰 전투였어. 나폴레옹이 아무리 강하더라도 상대는 두 나라 연합군이야. 쉽게 이길 수 있는 상황이 아니었지.

러시아에는 그 유명한 코사크 기병대(카자크 족으로 이루어진 러시아 기병대)가 있었어. 코사크 기병대는 몇 번이고 나폴레옹이 있는 곳까지 공격해 왔지. 수백이 넘는 기병대가 한 덩어리가 되어 해일처럼 프랑스군의 전선을 무너뜨리고 본진이 있는 곳까지 들어온 거야. 나폴레옹 친위대, 그러니까 근위병들이 죽을 힘을 다해 맞서 싸워 어렵사리 막아 냈다고 생각하면 어느새 보충된 코사크 기병대가 자기편 시체를 밟고 넘어왔어. 천하무적이던 나폴레옹 친위대도 이때는 정말 위험했지."

가쓰코는 여기까지 말하고 한숨 돌렸다. 모두 자기 이야기에 푹 빠진 것을 보고는 다시 말을 이었다.

"나폴레옹은 전쟁터가 잘 보이는 언덕에서 전투를 지켜보고 있었어. 코사크 기병대의 목표는 당연히 나폴레옹이 있는 언덕이었지. 그래서 나폴레옹 참모들은 걱정이 컸어. 참모들은 나폴레옹에게 안전한 곳으로 피하자고 건의했지만 나폴레옹은 적의 목표가 된 언덕에서 내려가려고 하지 않았어. 부하들이 간곡히 사정해도 안전한 곳으로 옮겨 가려고 하지 않았어. 너희 생각엔 나폴레옹은 왜 언덕을 내려가지 않은 것 같아?"

가쓰코는 두 손으로 허리를 짚고 한 발을 힘껏 앞으로 내디디면서 네 사람이 대답하기를 기다렸다. 네 사람은 대답할 말이 떠오르지 않는다는 얼굴을 하고 가쓰코를 보았다. 가쓰코는 머리를 뒤로 살짝 젖히며 이마에 내려온 앞머리를 뒤로 넘기고는 열심히 설명했다.

"전쟁을 지휘하는 것만이라면 안전한 곳으로 옮겨 갔을 거야. 말하자면 나폴레옹은 군대를 지휘하기 위해 언덕에 머문 게 아니야. 그래서가 아니었어. 나폴레옹은 적인 코사크 기병대에게 반해 버린 거야. '용감하군! 정말 용감해!' 나폴레옹은 그렇게 중얼거리면서 본진 근처까지 진격해 온 코사크 기병대를 감탄하며 봤다는 거야. 자기 몸이 위험하다는 건 아랑곳하지 않고 말이지⋯⋯. 정말 대단하지 않니?"

가쓰코는 눈동자가 반짝거렸고 뺨도 빨갛게 달아올랐다.

"난 정말 위대한 행동이라고 생각해. 생각해 보라고. 전쟁이야. 지면 죽을 수도 있어. 적을 쓰러뜨리느냐, 아니면 내가 쓰러지느냐 하는 절박한 순간이었다고. 그런 상황에서 용감한 적을 칭찬하며 그 용기에 넋을 잃고 감탄하다니, 정말 대단하지 않니? 남자다움이란 바로 이런 걸 말하는 거야."

가쓰코는 흥분한 채 어딘지 모르게 먼 곳을 보는 것 같았다. 코페르는 그런 가쓰코가 무척 예쁘다고 생각했다.

"그래서 누가 이겼어? 나폴레옹이지?"

미즈타니가 물었다.

"하야오는 성질이 급해."

가쓰코는 흥이 깨진 듯한 표정을 지으며 말했다.

"그야 나폴레옹이 이겼지. 나폴레옹은 이틀 동안 대전투를 치르고 오스트리아와 러시아 연합군을 물리쳤어. 하지만 이기고 지는 건 그리 큰 문제가 아니야."

"그래도 지면 안 되잖아."

"말귀를 못 알아듣네. 이기든 지든 영웅은 영웅이야. 져도 위대하기 때문에 영웅이라고. 하야오는 남자면서 그것도 몰라?"

가쓰코는 못마땅한 표정으로 눈썹을 찡그리며 고개를 흔들었다. 그 바람에 짧게 자른 앞머리가 이마로 흘러내렸다. 가쓰

136

코는 심각하게 생각할 것이 있다는 듯 바지 주머니에 두 손을 넣고 남자아이들 앞을 빙빙 돌았다. 우라가와와 기타미는 가쓰코의 박력에 눌려 멍하니 가쓰코를 보고 있었다. 그때 코페르와 미즈타니의 눈이 마주쳤다.

"누나는 말이야, 자기가 나폴레옹이라도 된 것 같은가 봐."

미즈타니가 소곤거렸다. 그 말을 듣고 코페르의 눈이 동그래졌다.

"전쟁을 시작했다면 누구든지 이기고 싶겠지."

가쓰코가 선 채 다시 말을 꺼냈다.

"사람은 누구나 죽는 걸 싫어해. 다치는 것도 싫어해. 난 전쟁을 겪어 보지 못했지만 진짜로 전쟁터에 서게 된다면 굉장히 무서울 거야. 누구든지 처음에는 무서워서 벌벌 떨 거야. 그런 사람도 영웅 정신을 갖게 되면 두려움을 잊게 돼. 힘들고 고생스러워도 참고 견뎌 내자는 용기가 솟아나 죽음을 두려워하는 마음도 사라지는 거라고. 난 그게 정말 대단하다고 생각해. 사람이 사람을 뛰어넘는 무언가가 된다는 뜻이니까."

"흐음."

기타미는 감탄하여 신음 비슷한 소리를 냈다.

"그저 죽는 게 두렵지 않다는 것뿐이라면 대단하다고 말할 수 없어. 난폭한 사람들도 죽는 걸 무서워하지 않는 경우가 있거든. 자포자기한 상태에 있는 사람이나 미친 사람이 죽음을 두려워하지 않는 행동을 하는 건 하나도 위대하지 않아. 승냥이랑 똑같아. 그런데 자포자기한 상태도 아니고 미치지도 않은 아주 정상인 사람이 자기 목숨을 돌아보지 않을 만큼 어떤 일에 최선을 다한다면……. 난 그런 사람이야말로 진짜 위대한 사람이라고 생각해."

"흐음."

기타미는 또 같은 소리를 냈다. 우라가와는 아직도 무슨 말인지 모르겠다는 얼굴을 하고 있었지만 나름대로 심각한 표정으로 가쓰코가 다음 말을 할 때를 기다리고 있었다. 아마도 우라가와는 이렇게 남자 같은 아가씨는 난생 처음 만나 보는 것 같았다.

"한 인간이 두렵고 괴로운 상황에 굴복하지 않고 끝내는 이겨 내는 모습을 볼 때마다 내가 해낸 것처럼 감격스러워. 자기 발로 어렵고 고통스런 일에 뛰어들어 마침내 자신의 뜻을 이뤄 내는 기쁨이야말로 사람이 다다를 수 있는 가장 큰 위대함이라고 생각하지 않니? 고통이 클수록 고통을 이겨 냈다는 기쁨도 커질 거야. 그래서 죽음도 두렵지 않은 거겠지. 그런 게 바로 영웅 정신이야. 난 늘 그렇게 생각해. 영웅 정신으로 고통스럽게 죽는 것이 빈둥빈둥 사는 것보다 훨씬 훌륭하다고. 저도 이런 정신으로 싸웠다면 그건 진 게 아니야. 이겼더라도 이런 정신이 없었다면 그건 진짜로 이긴 게 아니야."

가쓰코는 잠깐 그 자리에 서서 간절한 목소리로 중얼거렸다.

"죽기 전에 딱 한 번이라도 좋아. 그런 기분을 느껴 보고 싶어! 얼마나 멋진 일일까. 나폴레옹은 위대한 사람이었어. 평생 영웅 정신으로 살았으니까. 영웅 정신의 덩어리라고나 할까. 그랬으니까 용감하게 덤비는 적들에게 감탄할 수 있었던 거야. 그들의 영웅 정신을 인정했던 거지. 정말 남자다워. 그렇지, 코페르!"

남자 넷과 가쓰코는 햇살이 따뜻하게 내리쬐는 잔디밭으로 나갔다.

미즈타니는 운동보다는 그림과 음악을 좋아하는데 누나인 가쓰코는 운동이라면 뭐든 잘하는 만능선수로 유명하다. 농구에서는 반 대표, 배구는 학교 대표, 단거리 달리기는 혼합 릴레이 선수고, 높이뛰기와 멀리뛰기 기록 보유자다. 주종목은 도약으로 다음 올림픽 때 대표 선수로 출전하겠다는 꿈이 있다. 미즈타니의 아버지도 가쓰코를 위해 잔디밭 구석에 도약대를 만들어 주었다. 하얗게 칠한 폴(장대높이뛰기나 스키 같은 운동 경기에서 쓰는 장대)로 높이를 정식으로 잴 수 있어서 진구 경기장에 버금가는 규모다. 네 아이는 캐치볼을 하고 놀다가 가쓰코와 함께 삼단뛰기, 멀리뛰기, 높이뛰기를 연습했다.

도약에서는 코페르도, 기타미도 가쓰코를 당해 낼 재주가 없었다. 코페르는 있는 힘을 다해 겨우겨우 1미터 바(장대높이뛰기 같은 데서 높이를 표시하기 위해 두 기둥에 가로지르는 막대)를 넘었는데 가쓰코는 두 손을 주머니에 찔러 넣은 채 손쉽게 넘어 버렸다. 바가 높아 갈수록 높이뛰기는 가쓰코의 차지였다. 코페르와 아이들은 가쓰코의 멋진 폼을 감탄하며 구경만 할 뿐이었다. 노란 스웨터에 진남색 바지를 입은 가쓰코가 바를 넘고 몸을 빙그르르 회전시켜 모래 위에 착지하는 모습은 이루 말할 수 없을 만큼 멋있었다.

삼단뛰기에서 기타미가 "좋아, 영웅 정신으로 뛰어 보겠어!" 하고 의욕을 보였지만 가쓰코의 상대는 못 되었다. 우라가와도 이날은 평소와 달리 굼뜬 운동 신경을 부끄러워하지 않고 여러 번 뛰었다. 그러나 우라가와는 삼단뛰기에서 첫 번째 도약부터 잇달아 실패했다. 가쓰코는 몇 번씩 시범을 보여 주며 끈기 있게 가르쳐 주었다. 그 덕분인지 우라가와는 멋지게 삼단뛰기에 성공했다. 코페르도, 기타미도, 미즈타니도, 가쓰코도 마치 올림픽 신기록이 나온 것처럼 손뼉을 치며 기뻐했다. 우라가와는 얼굴이 빨개질 만큼 부끄러워했지만 기쁨을 가누지 못하고 싱글벙글 웃었다.

도약 연습을 하고 나
서 우라가와가 막대밀기
를 하자고 했다.

"막대밀기라면 절대로
안 져."

미즈타니가 어디에선

가 대나무 막대기를 가져왔다. 첫 상대는 코페르였지만 우라가
와가 쉽게 이겨 버렸다. 이어서 미즈타니가 나섰고 역시 질질
밀려 나가 상대가 안 되었다. 그러자 기타미가, "좋아, 내가 원
수를 갚아 주지!" 하면서 손에 침을 뱉고 마주 섰지만 우라가와
는 꿈쩍도 하지 않다. 기타미가 얼굴이 빨개질 만큼 힘껏 밀어
내도 우라가와의 허리는 좀처럼 뒤로 밀리지 않다. 오히려 영
차, 하고 힘을 주자 기타미의 허리가 붕 떠올랐다.

"질 줄 알고."

기타미가 다시 한 번 도전했다. 이번에도 질질 밀려났다. 결
국 "이까짓 것, 이까짓 것." 하고 용을 쓰다가 뒤로 넘어졌다.

"좋아, 한 번 더!"

코페르가 또다시 달려 나왔고 또다시 뒤로 넘어졌다. 미즈타
니, 기타미가 몇 번이고 우라가와에게 도전했지만 상대가 안 되

었다.

"진짜 잘하는데!"

기타미는 탄복했다.

"어떻게 그렇게 힘이 세냐?"

"어떻게라니……."

우라가와가 웃으며 대답했다.

"저녁마다 가게에서 일하는 종업원들이랑 밀대로 장난을 치거든. 막대밀기에도 요령이 있어야 해."

점심은 본관 식당에서 먹었다. 미즈타니의 어머니와 형도 함께했다. 높은 천장에 화려한 전등이 달려 있고, 금빛 벽지가 빛나는 벽에는 커다란 유화 액자가 걸려 있다. 식탁 위에는 온실에서 키운 예쁜 꽃들이 장식되어 있고 식탁보는 새하얗다. 그 위에 고급스런 나이프와 포크, 은수저가 가지런히 정돈되어 있다. 메뉴는 서양식 코스 요리였다. 네 아이는 중요한 잔칫집에라도 온 것처럼 긴장해서 무슨 맛인지도 모르고 먹었다. 미즈타니의 어머니가 다정하게 말을 걸었는데 왕족처럼 고상한 분위기에 눌려서 함부로 대답할 수가 없었다. 미즈타니의 형은 네 사람이 보이지도 않는다는 듯이 처음부터 끝까지 단 한마디도 하지 않아 불편했다. 게다가 양복을 입고 있어서 기타미가 미즈타니에게, "너희 형은 회사 다녀?" 하고 물어보았는데 아직 대학생이며 철학과에 다닌다고 했다. 철학을 공부하다 보면 중학생들과 말하고 싶은 마음이 생기지 않나 보다.

코페르와 아이들은 요란한 잔치상을 받아 내심 질려 버렸지만 어쨌든 밥을 다 먹어서 크게 안심했다. 서둘러 미즈타니 방으로 돌아왔다. 마음이 편해지자, 탁구, 트럼프 같은 방 안에서 할 수 있는 놀이를 즐겼다. 미즈타니 방에는 가게를 열어도 될 만큼 장난감이 많았다.

"너 진짜 좋겠다. 장난감이 이렇게 많아서……."

코페르가 부럽다는 듯이 말했다.

"그렇지도 않아. 같이 놀 사람이 없는걸."

"누나가 있잖아."

"누나는 학년이 올라가서 요즘은 나랑 안 놀려고 해."

"아버지가 퇴근하셔도?"

"우리 아버지는 밤에도 모임이 많아서 늘 바빠. 집에 오실 시간이면 난 벌써 자거든. 네댓새씩 아버지를 못 볼 때도 많아."

"그래?"

"엄마도 자주 외출해서. 나 혼자 축음기를 듣거나 그림을 그리면서 시간을 보낼 때가 많아."

코페르는 이토록 멋진 집에 살면서 무엇이든 바라는 것은 다

살 수도 있지만 평소에는 외롭게 지내는 미즈타니가 조금 불쌍해졌다.

"그럼 우리 집에 더 자주 놀러 와."

"나도 그러고 싶은데 엄마가 자주 가면 실례라고 해서."

"괜찮아."

"요새 누나는 엄마 말도 잘 안 듣고 자기 마음대로 놀러 다녀. 우리 엄마가 좀 이상한 데가 있거든. 나한테 호리나 하마다 같은 아이들하고는 왜 친하게 지내지 않느냐고 자꾸 물어보는 거야. 난 그렇게 말 많고 자기밖에 모르는 녀석들은 정말 싫은데."

"맞아, 그놈들이 원래 그래! 그런데 왜 너희 엄마는 호리나 하마다 같은 놈들하고 친하게 지내라고 하시는 거야?"

"나도 몰랐는데 누나가 가르쳐 줬어. 호리 아버지는 유명한 정치가고 하마다 할아버지는 귀족원 의원이래. 그래서야."

"흥."

"아버지가 정치가라느니 할아버지가 귀족원 의원이라느니 하는 녀석들은 싫어. 그놈들은 전부 야마구치 부하라고."

"맞아, 야마구치 앞에서는 쩔쩔매지. 그리고 기타미 욕도 자주 해. 그놈들하고는 친구가 될 수 없어. 너희 엄마한테 한 번 말해 보지 그래?"

그때 코페르와 미즈타니가 말하는 소리가 기타미 귀에 들렸나 보다. 기타미가 생각났다는 듯 말을 꺼냈다.

"야마구치라면 저번 학기 마지막에 이상한 소문을 들었어."

모두 기타미를 보았다. 그러자 기타미가 설명해 주었다.

"유도부 선배가 나랑 야마구치의 버릇을 고쳐 놓겠다고 벼르고 있다던데……."

"너랑 야마구치를?"

코페르는 깜짝 놀라 자기도 모르게 목소리가 커졌다. 모두 처음 듣는 소문이라 기타미 둘레에 모였는데 정작 당사자인 기타미는 태연하기만 했다.

"나하고 야마구치가 선배들한테 맞게 될 거라던데. 2학년인 히구치한테 들었어."

코페르가 다니는 학교에서는 요즘 들어 유도부 선배들을 중심으로 학교 분위기를 바로잡자는 목소리가 커지고 있다. 선배들 말로는 학생들의 정신이 해이해진 탓에 학교 분위기가 어수선해졌다고 한다. 무엇보다 학교를 사랑하는 마음이 부족하다고 한다. 그래서 가까운 학교와 운동 경기를 해도 응원을 열심히 안 한다고 한다. 두 번째로 후배들이 날이 갈수록 건방져져서 선배를 존경하는 전통이 사라졌다고 한다. 세 번째로 소설을 읽거나, 연극을 보거나, 영화에 빠지는 학생들이 늘어났다고 한다. 이대로 가다가는 개교 때부터 학교가 자랑스럽게 여겨 온 정직하고 강인한 기풍이 사라질 것이라고 했다. 그래서 이번 기회에 전교생에게 본때를 보여 주어 흐트러진 기풍을 바로잡아야 한다고 한다. 유도부가 주축이 된 선배들은 이런 말을 하고 다녔다. 학예 발표회에서 열정을 다해 교풍을 바로잡자고 연설하는 학생도 있었다. 또 교지에 이 문제를 지적하는 글을 싣기도 했다. 뿐만 아니라 어느 학생이 교풍을 훼손했다고 판단하면 제재를 하기도 했다.

"학교를 사랑하지 않는 학생은 사회에 나가서도 국가를 사랑하지 않는 국민이 될 것이다. 애국심이 없는 사람은 국민이 아니다. 그러므로 학교를 사랑하지 않는 학생은 비유하자면 비국민(非國民)의 싹이다. 우리는 이런 싹을 두고 볼 수만은 없다."

이것이 선배들이 주장하는 내용이었다.

학생이라면 당연히 자기가 다니는 학교를 사랑해야 한다. 학교를 사랑하고, 또 그런 마음을 실천에 옮기려는 마음가짐이 필요하다. 후배라면 선배인 상급생에게 후배로서 예의를 지켜야 하고, 학생이라는 신분에 걸맞게 저속한 오락 같은 데 한눈팔지 않도록 조심해야 한다. 따라서 유도부 선배들이 주장하는 것만 놓고 보면 틀린 말이 없다.

그런데 선배들은 자신들이 주장하는 게 정당하기 때문에 자신들이 판단하는 것도 정당하다고 생각했다. 그리고 자기네 마음에 들지 않는 학생은 교풍을 어지럽히는 놈들이며 손봐야 할 녀석들이라고 판단했다. 그보다 더 큰 잘못은 다른 사람이 잘못한 것을 지적하고 이를 제재할 자격이 자기네들에게 있다고 착각한 것이다. 똑같은 중학생한테 그런 자격이 있을 리가 없는데도 말이다. 선배들은 자기네들도 모르는 사이에 크나큰 잘못을 저지르고 있으면서도 학교를 위해서라는 명분으로 오히려 학교에 해를 끼치는 갖가지 문제들을 일으켰다. 다른 학교와 운동 경기를 할 때 응원하러 오지 않았다고 국민이 아니라는 낙인을 찍어 버리는 무서운 선배들이 있는 학교를 누가 사랑할 수 있을까. 학생이 유행가를 부르는 것은 좋지 않다고 해도 어떻게 날마다 시만 읊어 댈 수 있을까. 무엇보다 나쁜 점은 어린 하급생들이 학교에만 오면 벌벌 떨어야 한다는 것이었다.

2학기가 끝나 갈 무렵부터 1학년과 2학년들은 학교 안에서도 마음 편히 지낼 수 없게 되었다. 등굣길에 상급생과 마주쳤을 때 깜빡 잊고 인사를 하지 않았다가는 선배들에게 불려 가서 온갖 욕을 다 들어야 했다. 새로 산 손목시계가 조금 화려하다고 기분 나쁜 눈초리를 받기도 하고, 상급생 이야기를 퍼뜨린다고 건방진 놈으로 낙인찍히기도 했다. 2학년인 히구치는 문학을 좋아해서 어른들이 읽는 소설을 사거나, 연극을 자주 보러 가다가 들켜 요주의 인물이 되었다. 1학년에서는 멋 부리는 것을 좋아하는 야마구치가 찍혔는데, 야마구치는 영화광으로도 유명해서 영화배우 사진만 2백장 넘게 갖고 있었다. 이것도 상급생들 마음에 들지 않았다. 갓찐이라는 별명으로 불리는 기타미는 상급생 앞에서도 자기 생각을 숨김없이 떠들어 댄다고 해서 언젠가는 손봐야 할 건방진 후배로 찍혔다. 그리고 3학기(일본은 3학기제를 실시하고 있다. 3학기는 1월 말에서 3월까지이다)가 시작되자마자 요주의 인물들을 제재할 것이라는 소문이 일파만파로 퍼졌다. 히구치가 이 소문을 듣고는 같은 요주의 인물인 기타미에게만 살짝 알려 주었다.

"야마구치는 몰라도 너는 맞을 까닭이 없잖아. 나쁜 짓 한 적도 없는데."

코페르가 볼멘소리로 투덜거렸다.

"구로카와를 두 번쯤 만났는데 일부러 인사를 안 했거든. 그리고 점심시간이나 쉬는 시간에 우리가 주먹야구하는 곳에 구로카와가 와서는 비키라고 했을 때도 싫다고 한 적이 있어. 내가 먼저 왔으니까 안 된다고 했지. 그래서 구로카와가 나를 건방지다고 생각하게 됐나 봐."

기타미는 아무 일도 아니라는 듯 대답했다. 구로카와는 5학년 선배로 유도부 주장 다음인 부장이다. 몸집은 체육 선생님보다도 더 크다.

"그놈은 말이지……."

기타미가 성난 목소리로 말했다.

"유행가를 부르지 말라고 떠들어 대는 주제에 자기는 나니와부시(샤미센을 반주로 의리와 인정을 노래한 일본의 대중 창가)를 흥얼거린다고. 일부러 쉰 목소리를 흉내 내면서 말이야. 지난번에 원정 경기에 응원 갔다 돌아오면서 전차 안에서 들었어. 나니와부시는 무사도를 노래하는 거라 상관없대. 완전히 자기 멋대로야. 쉰 목소리를 듣고부터 그 녀석이 더 싫어졌어."

"그러다가 맞으면 어쩌려고 그래."

"괜찮아. 아무리 구로카와라도 내가 아무 짓도 하지 않는데 때리지는 못할 거야. 꼬투리가 잡히면 가만 놔두지 않겠지만. 내가 조심하면 돼."

"그럴까."

코페르는 불안해졌다. 미즈타니도 걱정스러운 얼굴을 했다.

"그래도 찍어 놓은 애들을 하나씩 불러서 때릴지도 몰라. 선생님에게 말하는 게 좋겠어."

"안 돼. 그런 짓을 했다간 놈들이 우릴 더 벼르게 된다고. 이때다 싶어 진짜 때릴지도 몰라. 그냥 놔두는 게 최고야."

"위험해."

"아니야, 괜찮아."

기타미와 코페르가 서로 말다툼을 하는 동안 가쓰코가 접시에 사탕을 담아 들고 들어왔다.

"무슨 얘기하는 거야? 코페르 얼굴이 심각한데."

코페르와 미즈타니는 기타미가 어떤 위험에 처해 있는지 설명해 주었다. 이야기를 다 듣고 가쓰코는 마구 화를 냈다.

"그런 법이 어딨어. 기타미, 절대로 지면 안 돼. 학교는 선배들만의 학교가 아니야. 1학년도 똑같은 학생이라고. 학교 규칙을 지키고 선생님 말씀만 잘 들으면 다른 건 필요 없어. 다른 사람 눈치 볼 필요가 없다고. 유도부 앞에서 굽실거리지 마."

"하지만…… 기타미가 진짜 위험해져."

미즈타니가 끼어들었다.

"위험하다고? 괜히 너처럼 겁을 내니까 그런 녀석들이 더 잘난 척하는 거야. 학교를 위해 폭력을 써야 한다는 건 모두 거짓말이야. 진짜로 학교를 생각한다면 1학년이든 누구든 학교에서 즐겁게 생활할 수 있도록 도와줘야지. 그 녀석들은 학교를 위하는 게 아니라 자기들이 정의를 지키고 있다고 착각하는 게 기분 좋아서 잘난 척하는 거라고. 기타미, 그런 녀석들한테 겁먹지 마."

"아, 난 누가 뭐래도 항복할 생각은 없어."

오랜만에 기타미의 "누가 뭐래도……."가 나왔다. 하지만 코페르는 하나도 웃음이 나오지 않았다. 기타미가 선배들에게 끌려가 맞기라도 한다면, 하고 생각하니 눈앞이 캄캄해졌다. 난폭한 선배들에게 굴복하지 않는 건 의미가 있다고 해도 기타미를 도와주려면 어떻게 해야 할까. 다섯 사람은 그 문제로 이런저런 의논을 해 봤다. 미즈타니와 코페르는 당장 선생님에게 사실을 말하고 선생님이 대책을 세울 때까지 기다리는 게 좋겠다고 주장했다. 기타미는 그런 짓을 하면 오히려 선배들에게 기회를 주는 것이라며 가만히 있는 게 가장 좋겠다고 말했다. 가쓰코는 좀 더 사태를 지켜보다가 선배들이 폭력을 쓸 것 같다 싶으면 선생님과 의논하거나, 다른 방법을 찾아보는 게 좋겠다고 말했다. 여러 가지 의견이 쏟아졌지만 어떤 방법이 가장 좋은지는 확신할 수 없었다. 어쨌든 기타미는 지금 당장 선생님에게 알리자는 의견에 끝까지 반대했다.

"맞는 건 하나도 안 무서워. 난 맞을 짓을 한 적이 없으니까. 그 녀석들이 내가 소문만 듣고도 겁을 먹었다고 생각하는 건 싫어."

기타미가 이렇게 말하니 다른 아이들은 달리 할 말이 없었다. 그동안 잠자코 있던 우라가와가 처음으로 입을 열었다.

"이렇게 하면 어떨까……."

모두 우라가와를 보자 우라가와는 조금 쑥스러워하면서 말했다.

"선배들이 기타미를 부르면 우리도 따라가는 거야."

"그래서?"

코페르가 물었다.

"구로카와가 기타미를 때리려고 하면 우리도 같이 때리라고 하는 거야. 기타미가 아무 짓도 하지 않고서도 맞아야 한다면 우리도 같이 맞겠다고 하는 거야. 설마 우리까지 때리지는 못할 거 아니야."

모두 잠잠해졌다.

"그래도 때리면 어쩌지?"

가쓰코가 물었다.

"그럼……. 그럼 우린 기타미랑 같이 맞아야지. 별 수 없잖아."

"그거야! 우라가와!"

가쓰코가 의자에서 벌떡 일어섰다.

"그게 좋겠다. 다 함께 기타미를 지켜 주는 거야. 그래도 안 된다면 그땐 어쩔 수 없지. 기타미가 맞는다면 너희도 같이 맞으면 돼. 이게 바로 영웅 정신이야. 나도 그땐 너희들 편에 설게. 아빠를 학교에 보내서 담판을 짓겠어. 아빠가 안 간다고 하면 엄마, 엄마도 안 간다면 내가 너희 학교에 갈게. 교장 선생님에게 말해서 그 유도부 녀석들을 학교에서 쫓아낼 거야. 기타미, 단단히 마음먹고 있어. 하야오도 마음 단단히 먹어."

"응."

미즈타니는 갸름한 얼굴이 진지해지면서 입술을 꼭 다물고 고개를 끄덕였다.

"코페르도."

코페르도 고개를 끄덕였다.

기타미는 자기 때문에 나쁜 일을 당하는 건 견딜 수 없다면서 말려 봤지만 친구들은 걱정하지 말라고 기타미를 위로했다.

"좋아, 결정한 거야. 난 너희들하고 같은 학교가 아니라 쉽지 않겠지만 무슨 일이 생기면 방금 약속한 것만은 꼭 지킬 테니까 다들 새끼손가락 내놔."

그렇게 해서 남자아이 넷과 가쓰코는 서로 새끼손가락을 걸었다.

짧은 겨울날이 저물어 간다.

코페르, 기타미, 우라가와는 날이 더 저물기 전에 돌아가기로 했다. 가정부가 흰 무명천으로 싼 보따리를 하나씩 나눠 주었다. 무명천 안에는 고급 과자와 사과가 들어 있었다. 가쓰코는 깨끗한 은지로 싼 사탕을 우라가와의 주머니에 넣어 주었다.

"여동생이랑 남동생이 있다고 했지? 이거 갖다 줘."

세 사람은 모두 선물을 들고 미즈타니네 집을 나왔다. 미즈타니와 가쓰코는 근처까지 바래다주었다. 가쓰코는 자전거를 타고 천천히 페달을 밟으며 따라왔다. 시나가와 바다가 한눈에 내려다보이는 언덕 위에서 가쓰코가 자전거에서 내렸다. 모두 걸음을 멈추고 안녕, 하고 인사를 나누었다. 세 사람이 언덕을 내려가자 거리에는 어느새 어둠이 내려앉아 여기저기 가로등이 켜 있었다. 미끄러지듯 전차가 달려가는 것도 보였다. 언덕 아래를 전차와 자동차들이 서둘러 가로지르고 있다. 시끌벅적한 사람들 소리가 저녁 안개 속에서 부글부글 끓고 있다. 세 사람은 문득 집이 그리워지는 것 같아 시나가와 역 쪽으로 걸음을 재촉했다.

위대한 사람이란 누구인가?

코페르.

외삼촌은 네가 느닷없이 나폴레옹을 숭배하는 것을 보고 무척 놀랐단다. 사정을 들어보니 아무래도 미즈타니의 누나 때문인 것 같구나.

나폴레옹의 일생은 분명 뛰어났어. 한평생이 화려했던 것으로 말한다면 기나긴 인류의 역사에서 나폴레옹 같은 사람은 아주 드물지. 너희뿐 아니라 온 세계 어디를 가도 나폴레옹을 가슴에 품고 살아가는 아이들이 아주 많단다. 나라마다 나폴레옹 위인전이 계속 팔리고 있을 정도야. 언젠가 너에게 이번처럼 마음에 남는 일이 있으면 잘 생각해 보고 뜻을 떠올려 보라고 말한 적이 있을 거야. 오늘 저녁에는 나폴레옹의 삶에 대해 너와 함께 생각해 봐야겠구나.

나폴레옹의 부모님은 코르시카 섬의 몰락한 귀족으로, 나폴레옹은 어릴 때 무척 가난했단다. 지금의 너희 나이에 부모님을 떠나 프랑스로 건너가서 사관 학교에 들어갔는데 동급생 가운데는 부자와 귀족들이 많았어. 그 때문에 동료들은 나폴레옹을 언제나 경멸했단다. 나폴레옹은 학창 시절에 늘 외톨이였다. 사관 학교를 졸업하고 장교가 되어서도 여전히 가난했어. 또래 청년들처럼 청춘을 즐기는 것은 상상도 못했지. 화려한 파티 같은 데는 가 보지도 못하고 창백한 얼굴로 혼자 공부만 해서 늘 음침해 보였단다.

그런데 나폴레옹이 스물네 살 때 프랑스에 혁명이 일어났고, 보잘것없는 가난한 소위가 단번에 소장으로 진급하는 큰 사건이 일어났단다. 혁명군이 트론 요새를 함락시킬 때 이 청년 장교가 엄청난 활약을 펼쳤기 때문이야. 그리고 나폴레옹은 알프스를 넘었어. 이 유명한 이야기는 너도 알고 있겠지. 무장도 제대로 하지 못하고 훈련도 제대로 받지 못한 병사들을 이끌고 험준한 알프스를 넘어 이탈리아 평원을 공략하고, 오스트리아 대군을 격파하고, 마침내 이탈리아의 도시를 모두 정복했어. 어디를 가더라도 오직 승리, 승리, 승리뿐이었지. 나폴레옹은 엄청난 전리품을 들고 파리로 돌아왔고, 파리에서 가장 인기 높은 개선장군이 되었단다.

그 당시 프랑스 사회는 혁명이 일어나고 나서 정치적 분쟁이 갈수록 심해져서 불안했단다. 프랑스의 평범한 국민들은 질서와 평화를 바랐지. 나폴레옹은 사람들의 이 같은 요구에 따른다는 명분을 내세워 정부를 공격했어. 그러고는 권력을 자기 손안에 모으기 시작했지. 처음에는 세 집정관 가운데 한 사람이 되더니 얼마 안 지나 종신 집정관에 취임하고, 결국에는 공화제를 폐지하고 스스로 황제가 되었단다. 코페르, 이때 나폴레옹이 몇 살이었을 것 같니? 겨우 서른다섯 살이었단다. 겨우 10년 만에 창백하고 가난한 청년 장교가 황제의 자리에 오른 거야. 나폴레옹은 세계에서도 비슷한 예가 거의 없을 만큼 독보적인 신분 상승을 했어.

나폴레옹은 황제가 되어서도 기세를 꺾을 줄 몰랐어. 나폴레옹에게 대항하고자 유럽 여러 나라들은 영국을 중심으로 동맹을 맺고 나폴레옹에게 도전했지만 모두 실패했어. 프랑스와 전쟁을 하는 건 나폴레옹에게 타고난 군사 능력을 발휘할 기회를 줄 뿐이었어. 아우스터리츠에서도, 예나에서도, 바그람에서도 나폴레옹은 전쟁 역사에 길이 남을 승리를 거두었단다. 네덜란드를 시작으로 이탈리아 반도와 독일, 스페인 같은 나라가 나폴레옹의 지배를 받았지. 한때는 유럽 대륙에서 동쪽의 러시아를 제외하고는 모두 나폴레옹 앞에 무릎을 꿇기도 했단다. 1808년에 나폴레옹이 에르푸르트라는 곳에서 유럽 회의를 열었을 때는 독일에서만 국왕 네 명과 왕후 서른네 명이 나폴레옹에게 문안 인사를 드리기 위해 모였을 정도였어. 나폴레옹은 유럽의 왕들에게 둘러싸여 프랑스에서 데려온 타르마라는 유명 배우가 나오는 연극을 보았어. 문자 그대로 나폴레옹이 "왕 중 왕"이던 시절이지. 유럽 대륙에 사는 수천만 사람의 운명이 단 한 사람,

즉 나폴레옹의 의지에 따라 흔들릴 만큼 나폴레옹의 전성기였어. 나폴레옹의 권력은 절정에 이르렀지. 그랬던 나폴레옹이 몇 년이 지나 몰락하고 말았단다. 나폴레옹이 몰락하게 된 건 너도 잘 아는 것처럼 러시아 원정에 실패했기 때문이야.

나폴레옹은 왜 멀리 러시아까지 정복하러 갈 결심을 했을까. 그건 러시아가 나폴레옹이 명령하는 것을 듣지 않고 계속 영국과 무역을 했기 때문이란다. 영국은 유럽 대륙에서 떨어져 있는 섬나라야. 영국은 지리적인 장점을 이용해 나폴레옹에게 굴복하지 않고 끝까지 반기를 들었어. 나폴레옹은 자기 말을 듣지 않는 영국을 고립시키기 위해 유럽 대륙과 영국의 무역을 금지시켰는데 이것은 처음부터 무리가 있었지. 러시아가 이런 결정에 따르지 않자 나폴레옹은 본때를 보여 줄 작정으로 러시아 원정을 결심했단다.

그런데 원정은 모두 알고 있는 것처럼 참담한 패배로 끝나 버렸어. 전투에서는 날마다 크게 승리를 거두고 수도인 모스크바까지 점령했지만 겨울이 되면서 러시아의 악명 높은 추위와 식량 부족 앞에서는 나폴레옹도 물러설 수밖에 없었지. 수십만이나 되는 병사들이 눈과 얼음에 뒤덮인 들판을 굶주림에 허덕이며 후퇴하다 길에서 쓰러졌어. 추위와 굶주림에 살아남은 병사들도 코사크 기병대가 추격해 살해했단다. 러시아 원정에 나섰던 병사들은 60만 명이 넘었는데 프랑스로 돌아오기 위해 러시아 국경을 넘을 때는 겨우 만 명도 남지 않았어. 비참하기 짝이 없을 만큼 크게 패했지.

나폴레옹이 패배했다는 소식이 유럽에 전해지기 무섭게 오랫동안 나폴레옹의 지배를 받던 프로이센 왕국(독일 북부 지역의 대부분과 폴란드 서부 지역을 차지한 역사적 지역)이 들고일어났어. 다른 나라들도 이에 자극받아 일제히 나폴레옹에게 반기를 들었어. 그들은 동맹을 맺고 프랑스를 공격했단다. 나폴레옹에게 멸망의 그림자가 내려앉고 만 거야. 이 전쟁에서 나폴레옹은 연합군에게 패배하고 포로로 붙잡혀 엘바 섬에 유배되었단다. 나중에 나폴레옹은 엘바 섬을 탈출해 한 번 더 병사들을 모아 저 유명한 워털루 전투(1815년 6월 18일 웰링턴 장군이 이끄는 영국군과 블뤼허 장군이 이끄는 프로이센군이 연합하여 워털루에서 나폴레옹 1세의 프랑스 군대를 격파한 큰 싸움을 말한다)에서 마지막 싸움을 시도했지만 이마저도 패배로 끝나고, 결국 서아프리카 대륙의 먼바다에 있는 세인트헬레나 섬에 유배되었단다. 나폴레옹은 날씨가 나쁜 그 섬에서 5년 반 동안 갇혀 지내다 쓸쓸히 최후를 맞이했지.

워털루 전투에서 패배했을 때 나폴레옹은 마흔여섯 살이었어. 가난한 사관에서 10년 만에 황제가 되었지만 또다시 10년

만에 황제에서 포로가 되어 버린 거야. 나폴레옹의 눈부신 생애는 세월로 따지면 겨우 20년에 지나지 않았단다. 나폴레옹은 자신의 일생을 20년으로 압축시켜 버린 셈이지. 겨우 20년이기는 하지만 나폴레옹이 살아온 20년은 역사에 길이 남을 20년이었어. 20년이라는 짧은 세월 동안 천재적인 사관 하나가 유럽의 지배자가 되고, 왕좌에서 추락했지. 하지만 이 동화 같은 이야기 때문에 사람들이 나폴레옹을 기억하는 건 아니야. 나폴레옹이 걸어 온 이 20년이라는 세월 속에는 혼자 힘으로는 도무지 이루어 낼 수 없을 만큼 엄청난 사건들이 쌓여 있기 때문이란다.

나폴레옹이 18세기 말부터 19세기 초에 걸쳐 걸어 온 이 20년은 프랑스 혁명에서 시작했지. 그 시대는 유럽의 모든 곳에서 혁명과 내란이 되풀이되었어. 온갖 문제와 새로운 사상이 나왔는데, 다른 시대의 50년, 아니 백 년에 해당할 만큼 수많은 사건이 쉴 새 없이 일어났단다. 나폴레옹은 혁명이 지나간 프랑스에서 새로운 질서를 세워야 했고 외국과 전쟁을 치르면서 조국을 지켜 내야 했어. 뿐만 아니라 유럽 여러 나라의 중심에 서서 거친 파도처럼 끊임없이 터지는 외교 문제를 혼자 힘으로 해결해 나가야 했단다. 나폴레옹이 정치나 외교 문제만 혼자 힘으로 해결한 것은 아니야. 한편으로는 역사상 비슷한 예가 없던 전쟁을 일으키고 그때마다 자신이 앞장서서 대군을 지휘했어. 그야말로 엄청난 활동력이었어.

무엇보다 나폴레옹에게는 타고난 재능이 있었어. 전쟁에서 그 능력이 더욱 발휘되었지. 나폴레옹의 전술은 요즘에도 러시아 원정을 제외하고는 전쟁의 모범으로 삼을 만큼 독보적이란다. 나폴레옹은 전쟁터가 아닌 곳에서도 남자답게 단호했고 스스로 내린 결정을 행동에 옮기는 데 주저하지 않았어. 피로를 느껴 보지 못한 사람처럼 언제나 긴장을 늦추지 않고 어떤 난관에 부딪쳐도 굽히지 않는 투지와 자긍심으로 위기를 뚫고 나갔단다.

나폴레옹을 생각할 때마다 한 인간이 어떻게 그토록 대단하게 활동할 수 있었는지 놀라고는 한단다. 단순히 놀라는 것으로 그치는 게 아니라 인간이라는 존재가 지닌 잠재 능력을 믿는 마음이 생길 정도야. 우리가 나폴레옹의 전기를 읽고 용기를 얻는 까닭이 바로 여기에 있단다. 오늘날까지 많은 사람들이 나폴레옹의 전기를 즐겨 읽는 까닭도 바로 그 때문이지. 그렇다면 활동력이란 대체 무엇일까? 인간이 내면에서 무엇인가를 이뤄 내고자 발휘하는 힘이 아닐까. 이 세상에서 자신이 목적한 바를 실현해 내려는 욕망이 아닐까. 이렇게 말한다면 우리는 나폴레옹의 위대한 활동력에 감탄하면서도 한편으로는 이런 질문을 해 볼 수 있을 거야. 나폴레옹은 타고난 활동력으로 무엇을 이루었는가?

코페르, 나폴레옹만이 아니라 모든 위인과 영웅의 삶에 대해 이렇게 질문해 보는 습관이 필요하단다. 위인이나 영웅이라고 일컬어지는 사람들은 모두 평범한 사람들이 아니야. 보통 사람을 뛰어넘는 능력을 타고났고 보통 사람이 할 수 없는 일들을 해낸 사람들이란다. 보통 사람에게 없는 능력을 보여 줬다는 점에서 그들에게 머리를 숙일 수밖에 없어. 그런데 우리가 머리 숙여 칭찬하고 떠받드는 그 위대한 사람들은 그 타고난 재능으로 어떤 일을 해낸 걸까. 또 그들이 이룩한 업적은 우리 삶에 어떤 도움이 되었을까? 우리는 이렇게 물어보아야만 해. 타고난 재능을 악용해서 나쁜 짓을 저지르는 경우가 없지는 않으니까. 코페르, 위인들에게 이런 질문을 던질 때는 수만 년에 걸쳐 인류가 이룩한 기나긴 진보의 역사를 생각해 보아야 한단다. 나폴레옹도, 괴테도, 도요토미 히데요시도 따지고 보면 인류의 기나긴 역사 속에서 태어나 역사 속에서 죽어 간 사람들이기 때문이지.

너도 알고 있다시피 사람은 같은 사람끼리 손을 잡고 사회를 구성하고, 서로 힘을 모아 야수와 같은 생존 방식에서 벗어날 수 있었어. 처음에는 아주 간단한 도구를 썼지만 기술이 점점 더 발전하면서 기계를 발명했고 자연을 개발해 사람이 살기 좋게 환경을 바꾸었지. 그와 함께 학문과 예술이라는 도구를 이용해 생활을 더욱 아름답고 뜻있게 바꾸어 나갔단다. 이 같은 역사는 아주 먼 옛날부터 시작되었고 앞으로도 계속될 거야. 거대한 강처럼 말이지. 일본의 역사가 진무 천황에서 시작해 2천 6백 년에 이른다고 하는데, 이집트 문명은 6천 년 전부터 있었다고 해. 이것도 정말 긴 시간이지만, 우리는 책이나 그 어디에도 기록되어 있지 않은 수만 년이나 되는 역사에 대해서는 아무 것도 모르고 있단다. 또 인류의 역사가 앞으로 수만 년 동안 이어질 것인지, 아니면 수십만 년 계속될 것인지에 대해서도 말할 수 없어. 우리가 알고 있는 것은 인류가 지금도 진보하고 있다는 것뿐이야. 이처럼 유유히 흘러가는 기나긴 시간의 흐름을 생각해 보렴. 2천 년, 3천 년도 짧다고 생각되지 않니? 하물며 사람의 일생은 한순간에 지나지 않겠지.

코페르! 인류의 역사라는 드넓은 풍경 속에 숨어 있는 위인과 영웅을 찾아 보는 건 어떨까. 인류의 역사 속에서 네가 찾아내는 영웅은 지금껏 네가 알고 있던 영웅과 어떻게 다를지 궁금하지 않니? 먼저 너는 이제까지 알고 있던 위인과 영웅들도 인류의 역사라는 거대한 흐름 속에서는 기껏해야 작은 물방울에 지나지 않는다는 것을 깨닫게 될 거야. 인류의 역사라는 흐름이 있기에 비로소 그 안에서 영웅들의 행적이 위대해졌다는 것도 알게 될 거야. 그들 가운데 어떤 사람은 역사라는 흐름을 생각하면서 자기가 믿는 방향으로 그 흐름을 바꾸기 위해 짧은 생애를 바치기도 했지. 또 어떤 사람은 자기 꿈을 이루려고 노력하다 자기도 모르게 역사의 흐름에 영향을 미치기도 했고, 반대로 어떤 사람은 아주 화려하게 살면서 사람들을 놀라게 했지만 역사의 흐름에는 전혀 도움이 되지 못한 경우도 있단다. 후세 사람들이 위인과 영웅으로 칭송하지만 그 삶의 결과를 보면 오히려 역사의 흐름을 방해한 사람들도 많아. 또 분명 영웅처럼 살았지만 역사의 흐름에 도움을 준 업적을 남긴 경우도 있고, 그 반대되는 경우도 있단다. 수많은 사람들이 역사에 등장해 업적을 남겼지만 그 업적이 역사라는 흐름과 함께 살아남지 못한다면 덧없을 뿐이란다.

코페르, 이것은 나폴레옹도 마찬가지란다. 설명은 여기서 그치고 다시 한 번 나폴레옹의 이야기로 돌아가 볼까.

나폴레옹이 출세를 위해 한 발, 한 발 내딛고 있을 때 프랑스 사람들은 부패한 봉건 제도를 무너뜨리고 새로운 세상을 만들기 위해 피투성이가 될 만큼 싸우고 있었단다. 그 시절 유럽 여러 나라들은 하나같이 봉건 제도를 수호하고 있었어. 그래서 프랑스에 새로운 정부가 들어서는 것을 두려워했지. 유럽 여러 나라들은 군대를 동원해 프랑스의 혁명 정부를 공격했단다. 프랑스는 내란과 외환으로 곤경에 빠졌지. 하지만 프랑스 사람들은 고통스런 나날에도 굴하지 않고 용감히 싸웠단다. 남자들은 군대에 들어가 사방팔방에서 밀려오는 적들과 맞섰어. 그 무렵 유럽에서는 용병제가 군대의 일반적인 모습이었단다. 자기네 나라의 국민 대신 병사를 고용해 전쟁을 치렀지. 용병들은 돈을 벌기 위해 다른 나라의 전쟁에 참가하고는 했어. 그런데 프랑스 군대는 달랐단다. 프랑스의 정규군은 새로운 정부가 수립되면서 자유를 쟁취한 프랑스 민중이었어. 그 사람들은 돈이 아니라 사랑하는 조국을 위해 목숨을 바쳤단다. 프랑스 사람들은 자유, 평등, 우애를 새긴 깃발 아래서 새로운 시대의 탄생을 지켜보았기에 용병들이 알지 못하는 용기와 의지가 넘쳐 났어. 프랑스 사람들은 무기와 탄환이 모자라고, 병사들은 정규 훈련도 제대로 못 받았지만 조국을 사랑하는 마음으로 유럽 여러 나라의 용병 부대를 물리치고 마침내 조국을 지켜 냈어. 프랑스의 새로운 군대를 이끌며 새로운 전술을 고안해 유럽의 구식 군대들을 모조리 쓰러뜨린 주인공이 바로 나폴레옹이었단다.

나폴레옹은 적어도 황제가 되기 전까지는 봉건 제도를 무너뜨리고 새로운 자유세계를 만들려고 노력한 인물이었어. 그것 뿐 아니라 예술의 발전에도 많은 관심을 기울였단다. 나폴레옹은 이집트 원정 때 학자와 예술가를 데리고 갔어. 이집트 역사와 문화를 연구하기 위해서였지. 당시 나폴레옹의 결단이 이집트 문명을 이해하는 데 얼마나 도움이 많이 되었는지는 원정 때 발굴한 로제타석이라는 비석이 이집트 문자를 해독하는 데 중요한 열쇠가 된 것만 봐도 알 수 있어.

프랑스 사람들은 끊임없는 정치 투쟁에 지쳐 평화를 바랐고, 나폴레옹은 사람들의 기대를 한 몸에 받고 권력을 손에 넣는 데 성공했지. 나폴레옹에게 권력이 집중되면서 불안했던 사회와 정치 제도는 안정되었어. 나폴레옹은 봉건 제도를 무너뜨리고 새로운 시대의 최고 권력자로 우뚝 서고 나서 학자들을 모아 새로운 시대에 어울리는 새로운 질서를 담은 법률을 만들기로 마음먹었단다. 그렇게 해서 그 유명한《나폴레옹 법전》이 탄생했지.《나폴레옹 법전》은 여러 나라들이 법률을 제정할 때 기초로 삼았단다. 아마도 나폴레옹이 남긴 업적 가운데 가장 위대한 업적이라고 할 수 있을 거야. 너는 잘 모를 테지만 일본의 법률도 《나폴레옹 법전》을 참고해서 제정했단다. 일본도 메이지 유신을 기회로 봉건 제도를 폐지하고 사민평등(모든 백성이 평등하게 자유와 권리를 가지는 것)을 이룩했지. 평등한 세상이 되었지만 새로운 세상의 질서, 그 가운데서도 국민의 인권과 자유를 어떻게 보장해야 하는가가 문제가 되었지. 이를 위해 일본에서 최초로 민법을 만드는데 이 법은 바로 《나폴레옹 법전》을 참고해서 만들었단다. 민법은 그러고 나서 여러 번 개정되었지만 근본정신에는 변함이 없어.

이처럼 나폴레옹은 봉건 시대 이후의 새 시대를 자기 손으로 개척했고, 전쟁과 정치에서 거듭 성공을 거두었어. 그리고 마침내 황제가 되었고, 황제가 되고서는 권력을 위해 권력을 휘둘렀어. 손에 쥔 권력을 지켜 내기 위해 자신의 권한을 강화했고, 그럴수록 세상 사람들은 나폴레옹을 미워하게 되었단다.

나폴레옹이 저지른 가장 큰 실수는 자신에게 끝까지 대항하는 영국을 고립시키려고 유럽 대륙과 영국의 통상을 금지시킨 정책이었단다. 나폴레옹은 자신의 힘으로 영국을 고립시키는 건 간단하다고 생각했어. 또 유럽에서 손에 넣은 권력을 지켜 내려면 영국을 손봐야 한다고 생각했어. 하지만 당시 해상 무역을 장악하고 있던 영국과 통상하는 문제는 영국보다 유럽 대륙에 더욱 절실한 일이었단다. 영국과 통상을 못하게 되면서 수천만이나 되는 유럽 사람들이 어려움을 겪게 된 거야. 당장 날마다 먹는 설탕이 부족했어. 유럽은 환경 때문에 사탕수수를 아무리 많이 심어도 유럽 인구가 모두 쓸 수 있을 만큼 수확하지 못했어. 제아무리 나폴레옹이라고 해도 수천만 사람이 필요로 하는 물자를 하루아침에 채워 줄 수는 없었지. 영국과 교역을 하면 중한 벌을 내리고 단속했지만 소용없었단다. 결국 나폴레옹의 정책은 실패로 끝났고, 엎친 데 덮친 격으로 수천만이나 되는 유럽 사람들은 나폴레옹을 미워하게 되었지.

이때 일어난 사건이 러시아 원정이었단다. 60만 명에 이르는 병사들이 머나먼 러시아로 전쟁을 하러 떠났고, 눈과 얼음이 뒤덮인 벌판에서 처참하게 죽어 갔어. 정말 엄청난 사건이었어. 러시아 원정에 참가한 나폴레옹의 군대는 유럽 곳곳에서 소집한 병사들로 그들은 자기네 조국을 위해 러시아에 쳐들어간 것이 아니었어. 그렇다고 명예를 위해 싸운 것도 아니었고, 신앙과 사상을 위해 싸운 것은 더더욱 아니었지. 목숨을 바쳐야 할 뚜렷한 까닭도 없이 오직 나폴레옹의 권력을 위해 러시아까지 끌려가서 나폴레옹의 야심 때문에 허무하게 죽어 간 거야. 60만 병사들에게도 사랑하는 식구와 친구들이 있었을 테지. 따라서 러시아 원정이 실패로 돌아가자 억울하게 죽어 간 60만 병사들만 아니라 그들을 사랑하는 식구와 친구들 수백만이 커다란 고통에 빠졌단다.

이런 지경이 되고 보면 나폴레옹을 사람들을 괴롭히는 암 같은 존재로 여기는 게 당연하겠지. 나폴레옹의 권력은 세상을 발전시키기는커녕 올바른 진보를 가로막는 장애물이 되었어. 몰락은 피할 길이 없었지. 그리고 역사는 우리가 알고 있는 대로 진행되어 갔단다.

코페르, 나폴레옹의 일생을 보면서 너도 분명히 알게 되었을 거라고 믿는다. 영웅으로 또는 위인으로 일컬어지는 사람들 가운데 진정으로 존경받아 마땅한 사람은 인류가 진보하는 데 도움이 된 사람들뿐이다. 그리고 그들이 남긴 업적 가운데서 가치 있는 업적을 꼽는다면 인류의 진보라는 역사의 흐름을 거스르지 않은 일뿐이다. 앞으로 더 많은 책을 읽다 보면 위인으로 일컬어지는 사람들 가운데는 나폴레옹과 전혀 다른 길을 걸어간 사람도 많다는 것을 알게 될 거야.

눈 내리는 날의 사건

3학기가 시작되자마자 코페르와 친구들이 들었던 소문이 하급생들 사이에 널리 퍼졌다. 하급생들은 무서운 일이 일어날 것 같다는 불안한 생각에 초조했다. 하지만 일주일이 지나고 이 주일이 지나고, 어느 사이엔가 두 달이 지났지만 그런 일은 일어나지 않았다. 4학년과 5학년(이 때는 5년 과정의 중학교가 있었다) 선배들은 상급학교 입학시험이 코앞에 닥쳤기 때문에 하급생들에게 신경 쓸 여유가 없었는지도 모른다. 소문도 근거가 없는 단순한 소문으로 사라지는 듯했다.

그래도 코페르는 운동장 같은 데서 유도부 학생들이 네다섯 명씩 우르르 몰려다니는 것을 보면 가슴이 두근거렸다. 복도에서 유도부와 마주치면 어쩔 수 없이 그 옆을 지나가야 한다. 그 때마다 불안하고 기분이 나빴다. 이상하게도 코페르는 구로카와 같은 유도부 학생이 엄청 커 보였다. 구로카와는 얼굴 피부가 두껍고 좁쌀 같은 여드름이 잔뜩 돋아나 있는데 코페르의 그런 마음을 알고 있는 것처럼 히죽 웃어 보일 때가 있었다. 코페르는 그 웃음을 볼 때마다 등줄기가 서늘해지고는 했다. 그런데 정작 기타미는 태연하기만 했다. 부둣가의 선원처럼 어깨를 들썩이며 다가오는 유도부와 마주쳐도 눈을 내려뜨리기는커녕 가슴을 쭉 펴고 스치듯이 지나갔다. 그만하면 다행일 텐데 그렇게 어깨를 스치고 나면 꼭 뒤를 돌아보며, "뭐야, 지들이 깡패라도 되는 줄 아는 거야!" 하고 한마디 덧붙였다. 코페르는 그럴 때마다 유도부가 듣기라도 하면 어쩌나 싶어 간이 콩알만해졌다. 기타미와 함께 상급생에게 주목을 받고 있는 야마구치로 말하면 고양이 울음소리를 들은 쥐와 비슷했다. 되도록 유도부와 마주치는 일이 없게끔 몸을 사렸고, 쉬는 시간에도 운동장 대신 학교 건물 뒤쪽에 있는 검도장이나 체육관 뒤에서 패거리끼리 모여 시간을 보내고는 했다. 덕분에 우라가와는 야마구치 패거리의 짓궂은 장난에서 해방되어 날마다 기분 좋은 얼굴로 학교에 다녔다.

이러는 사이에 기원절(일본의 건국 기념일)도 끝나고 2월도 얼마 남지 않았는데 다행히 학교에서는 걱정했던 일들이 일어나지 않았다. 겁쟁이인 야마구치마저도 "암만 해도 조용히 끝날 것 같아." 하며 제법 대담하게 말을 하고는 했다. 그런데 아주 작은 사건에서 코페르가 그토록 걱정하던 일이 일어나고야 말았다.

사건이 일어나기 전날 저녁부터 진눈깨비가 촉촉이 내리더니 밤에는 눈이 되었다. 눈은 사건이 일어난 아침에도 그치지 않고 내렸다. 그렇게 낮까지 눈이 내린 바로 그날이었다.

오랜만에 눈을 본 아이들은 한껏 기분이 좋았다. 지난 네댓새 동안은 뼛속까지 추워서 모두 고생했는데 하얗게 내리는 눈을 보면서 다들 얼굴에 생기가 감돌았다. 아침부터 운동장에서는 눈싸움이 한창이었다. 오후가 되면서 눈이 그치고 하늘이 파랗게 개면서 햇살이 내려왔다. 점심시간이 되자 운동장은 북새통이 되었다. 운동장은 온통 새하얀 눈에 뒤덮여 번쩍번쩍 빛이 났다. 눈꺼풀이 저절로 내려앉을 만큼 눈이 부셨다. 그래도 학생들이 수백 명이나 뒤섞여 뛰놀고 있었다. 쫓아가고 넘어지고, 웃음소리가 끊이지 않았다. 눈덩이는 쉴 새 없이 햇빛 속을 날아다녔다. 물보라를 일으키듯 쌓인 눈을 발로 차올려 흩날리는 학생도 보였다. 그런가 하면 터무니없이 커다란 눈덩이가 운동장을 굴러다니기도 했다. 대여섯 아이가 함께 눈덩이를 굴리는 것이다. 커다란 벌집에 들어온 것처럼 활기찬 소리가 운동장에 차고도 넘쳤다. 당연히 코페르와 친구들도 운동장 한쪽에서 신

172

나게 놀고 있었다. 서로 눈덩이를 던지고 넘어뜨리면서 강아지처럼 뛰어다녔다. 온몸은 금방 땀투성이가 되었고 머리에서는 김이 모락모락 솟아올랐다.

점심시간 45분은 짧아도 너무 짧았다. 오후 수업 종이 울리자 모두 아쉬워하며 교실로 돌아갔다. 수백 명이나 되는 학생들이 검은 물결처럼 교실로 사라지자 운동장에는 짓밟힌 눈의 광장만이 남았다. 그리고 운동장 곳곳에 아침까지만 해도 볼 수 없던 눈사람들이 온갖 모양을 하고 서 있었다.

코페르는 오후 수업에 집중할 수가 없었다. 몸속을 흐르는 피는 아직도 뜨겁기만 했다. 창밖으로 눈을 돌리면 햇빛을 받은 눈들이 반짝반짝 빛나고, 그 빛이 교실 천장까지 환하게 비추고 있었다. 다른 반이 체육 시간에 눈싸움을 하고 있는지 한 번씩 커다란 소리가 들렸다. 코페르는 자기도 모르게 계속 창밖으로 눈길을 돌렸다.

마지막 수업이 끝나자 코페르는 용수철처럼 의자에서 튀어올랐다. 책과 공책을 가방에 쑤셔 넣고 날듯이 복도를 달려 운동장으로 뛰어나갔다. 잽싸게 눈덩이를 몇 개 뭉치고 있는데 기타미와 미즈타니가 이야기하며 나오는 것이 보였다. 둘은 코페르가 기다리고 있었다는 것을 눈치채지 못했다. 코페르는 입가

에 웃음을 머금으며 소리도 내지 않고 다가가 눈덩이 하나를 던
졌다. 거리가 제법 있었지만 코페르가 던진 눈덩이는 기타미의
뒤통수를 정확히 맞혔다. 당황한 기타미는 조금 화가 난 얼굴로
주위를 둘러봤다.

"어떤 놈이야!"

아무것도 모른 채 두리번거리는 기타미를 보고 있자 코페르
는 참을 수가 없어 큰 소리로 웃으며, "야!" 하고 소리쳤다. 그제
야 기타미도 코페르를 보았다. 기타미의 성난 얼굴에 금방 웃음
이 떠올랐다.

"좋아, 한번 해 보자는 거지!"

그렇게 외치면서 기타미는 어깨에 메고 있던 가방을 학교 건
물 쪽으로 내던졌다.

"혼쭐을 내주겠어."

기타미는 미즈타니를 돌아보며 그렇게 말하고는 곧바로 발
밑에 있는 눈을 뭉쳤다. 미즈타니도 가방을 내려놓고 재빨리 눈
덩이를 만들었다. 눈덩이를 만들자 두 사람은 웃으면서, 하지
만 눈을 빛내면서 코페르에게 달려들었다. 코페르도 재빨리 눈
덩이 두서너 개를 던졌는데 모두 빗나갔다. 코페르는 얼른 등을
돌려 달아났다. 세 덩이, 네 덩이……. 눈덩이가 하얀 곡선을 그
리며 코페르를 쫓아왔다.

"쫓아가!"

기타미가 외쳤다. 기타미와 미즈타니는 사냥개처럼 코페르를 쫓아왔다.

코페르는 운동장에서 놀고 있는 다른 아이들 사

이를 누비며 잽싸게 도망쳤다. 그리고는 눈사람 뒤에 숨어 눈덩이 몇 개를 또 만들어서 기타미와 미즈타니에게 던지고 또다시 도망쳤다. 기타미는 팔에 한 방 맞았고, 미즈타니도 턱에 맞았다. 두 사람은 더욱 흥분하며 코페르를 쫓아왔다. 코페르도 등에 탁, 하는 소리가 날 만큼 눈덩이에 세게 얻어맞았다. 코페르는 계속 도망치고 기타미와 미즈타니는 정신없이 뒤쫓았다. 세 사람은 운동장 곳곳을 뛰어다니다가 마침내 운동장 끝에 다다랐다. 코페르는 정말 열심히 뛰었다. 어느 사이엔가 코페르는 자신이 나폴레옹이고 뒤따라오는 두 사람은 오스트리아와 러시아의 연합군 같다는 생각이 들었다. 마치 바그람 전투의 한복판에 서 있는 듯했다.

운동장 가장자리에 화분을 터키모자처럼 뒤집어쓰고 한 손을 내민 채 서 있는 커다란 눈사람이 코페르의 진지였다. 코페르는 눈사람 뒤에 숨어 적들에게 사격을 하다가 기회를 틈타 진지를 버리고 다음 진지를 찾으며 뛰어다녔다. 코페르가 눈사람 뒤에서 빠져나올 때마다 기타미와 미즈타니가 소리를 지르며 쫓아오는 것이 보였다. 코페르의 손에는 눈덩이가 아직 두 발이나 남았다. 코페르는 조금 뛰어가다 좋아, 여기서 한 발 던지자, 하고 그 자리에 섰다. 추격해 오는 적에게 한 발 던질 작정이었다. 코페르는 고개를 돌려 상황을 확인하려다 이게 어떻게 된 일인가 싶었다. 코페르를 뛰쫓고 있어야 될 두 아이가 보이지 않았다.

어떻게 된 거지? 코페르는 맥이 빠져 두리번거렸다. 그때 방금 전까지 자기가 진지로 쓴 눈사람 둘레에 아이들이 모여 있는 게 보였다. 무슨 일이야, 무슨 일이야, 하고 달려가는 아이들도 보였다. 코페르도 서둘러 가 봤다. 코페르는 아이들 틈에 섞여 가슴이 마구 방망이질 치는 것을 느꼈다. 기타미와 미즈타니가 상급생 대여섯 명에게 둘러싸여 있는 것이 보였기 때문이다. 두 사람 앞에는 구로카와가 서 있었다. 기타미는 인상을 쓰며 고개를 빳빳이 들고 있었다. 미즈타니는 눈을 살짝 아래로 내리뜨고 조용히 그 옆에 서 있었다.

"사과하라고 했잖아. 사과하라고!"

구로카와가 팔짱을 낀 채 기타미를 내려다보며 소리쳤다.

"우리가 공들여 만든  작품을 망가뜨려 놓고 는 아무 말도 없다니, 너 무 뻔뻔한 거 아니야?"

"우린 몰랐어요."

기타미가 덤비듯 대 답했다.

"몰랐다고? 거짓말 마."

구로카와는 굵은 목소리로 위협하며 옆에 있는 눈사람을 가 리켰다.

"이거 보라고! 저렇게 부서졌는데도 몰랐다는 거야? 대체 어 딜 건드린 거야?"

화분을 뒤집어쓰고 있는 눈사람이 내민 손이 부서져 뼈대로 쓴 대나무가 진짜 뼈처럼 흉하게 드러나 있었다.

"그냥 무작정 뛰다가 그런 거라 부딪힌 것도 몰랐어요."

기타미는 숨소리가 점점 거칠어지는 것 같았다.

"입 닥쳐!"

구로카와의 목에서 무서운 소리가 났다.

"변명은 듣기 싫어. 사과하면 되는 거야. 사과해! 당장 사과하 라고! 싫다는 거야?"

기타미는 똑바로 구로카와의 얼굴을 노려보고 있었는데 이윽고 낮은 목소리로 중얼거렸다.

"미안합니다."

"사과한다면 용서해 주겠어. 여기 있는 우리 모두한테 사과해!"

기타미는 고개를 숙이며 여전히 낮은 목소리로 말했다.

"미안합니다."

코페르는 안심했다. 걱정했지만 이것으로 아무 탈 없이 끝이 나겠다고 생각했다. 그런데 상급생 무리에서 갑자기 험악한 목소리가 튀어나왔다.

"그딴 목소리로 사과하는 건 안 들려."

"더 크게 말해."

"똑바로 말하라고, 똑바로!"

기타미는 고개를 떨어뜨린 채 꼼짝도 하지 않았다.

"야, 더 크게 말하라고."

"뭐야, 모기가 왱왱거리는 것 같잖아……."

"말 안 할 거야?"

상급생들이 저마다 불만 어린 말들을 내뱉었지만 기타미는 아무 반응도 하지 않았다. 옆머리를 짧게 치켜 깎고 구로카와 옆에 서 있던 상급생이 신경질이 섞인 목소리로 외쳤다.

"선배 말이 안 들려? 더 크게 사과하라고. 사과하려면 똑바로 해야 할 거 아니야."

구로카와도 우두머리답게 가슴을 쭉 펴고 거드름을 피우며 한 마디 던졌다.

"이봐, 기타미! 다시 한 번 모두가 들을 수 있게 똑바로 사과해. 그렇게 하는 게 널 위해 좋을 거다."

기타미가 고개를 들었다. 억울해 죽겠다는 표정을 짓고 있다. 눈동자가 반짝반짝 빛나고 턱은 힘을 잔뜩 주어 딱딱하게 굳어 있다. 잠깐 입술이 떨리는가 싶더니 침을 뱉듯 외쳤다.

"미안하게 됐습니다!"

목소리는 컸지만 상대방에게 시비를 거는 말투였다. 상급생들이 웅성거렸다.

"뭐야, 말투가!"

"그게 사과냐?"

"건방진 자식이잖아!"

우르르 대들려는 것을 구로카와가 의젓하게 말리며 기타미 앞에 우뚝 섰다.

"어이, 기타미! 너 좀 건방진 데가 있구나."

구로카와는 소름이 끼칠 만큼 냉정하게 말했다.

"네 눈엔 우리가 뭘로 보이냐?"

"……."

"너한텐 모두 선배야. 평소에도 건방지다 싶었는데 후배 주제에 선배 알기를 우습게 알고 인사도 똑바로 안 해서 벼르고 있었다. 지금까지는 1학년이라고 많이 봐줬지만 계속 이런 식으로 나온다면 우리도 생각이 있어."

"그래, 그래. 한 번 맛을 보여 주자고."

뒤에서 누군가가 외쳤다.

기타미는 입술을 앙다물고 끓어오르는 화를 꾹 참으며 대꾸하지 않았다. 학생들은 이 상황이 어떻게 흘러갈지 궁금해하며 구로카와와 기타미를 번갈아 보고 있었다. 코페르는 정신이 하나도 없었다. 앞으로 나갈 수도 없고, 뒤로 물러날 수도 없어 두근거리는 가슴을 억지로 진정시키며 지켜보기만 했다. 맥박이 목덜미에서 마구 뛰는 게 느껴졌다.

그때 미즈타니가 입을 열었다.

"기타미는 일부러 그런 게 아니에요. 그러니까……."

"넌 입 닥쳐!"

구로카와가 미즈타니를 겁주며 말했다.

"기타미! 지금 이 순간부터 후배답게 선배 말에 복종할 건지, 아니면 계속 반항할 건지 대답해 봐. 대답에 따라 상황이 달라질 거야."

기타미는 대답하지 않았다.

"그렇게 입을 꾹 다물고 있으면 알 수가 없잖아. 어때, 복종할
거야?"

"싫은데요."

기타미는 억울하다는 듯이 대답하고는 눈을 감은 채 고개를
강하게 흔들었다.

"뭐야……."

옆머리를 짧게 자른 학생이 구로카와를 떠밀며 앞으로 튀어
나왔다. 옆머리는 더 못 참겠다는 듯 기타미에게 달려들었다.
옆머리가 기타미에게 주먹을 날리려고 했을 때 후다닥 소리가
나더니 우라가와가 나타났다. 우라가와가 옆머리를 막아서며
말했다.

"기타미는 나쁘지 않아요. 우린……, 우린……."

흥분한 우라가와는 뒷말을 잇지 못했다. 자기도 지금 무슨 말
을 하려는 건지 잘 모르는 모양으로 손을 허우적거리기만 했다.
어떻게든 다음 말을 이으려고 하는데 혀가 꼬여 더듬거렸다.

"너 같은 건 저리 꺼져, 두부 장사 새끼가!"

옆머리가 우라가와를 저만치 떠밀었다. 우라가와는 비틀거
리며 헛걸음질하더니 눈 더미 위에 나동그라졌다. 구로카와 패
거리가 와, 하고 웃음을 터뜨렸다. 그런데 웃음소리가 끝나기도

전에 퍽, 하는 기분 나쁜 소리가 들렸다. 옆머리가 기타미의 턱을 주먹으로 후려친 것이다. 옆머리는 살기 등등한 눈으로 기타미를 노려보았다.

"너 같은 놈들이 있어서야 학교 규율이 지켜지겠어?"

그렇게 말하며 옆머리는 기타미를 또 때리려고 한 발 더 다가섰다. 그 모습을 보고 재빨리 미즈타니가 둘 사이에 끼어들었다. 뒤로 나자빠져 있던 우라가와도 벌떡 일어나 미즈타니처럼 둘 사이에 끼어들었다. 미즈타니와 우라가와는 얼굴이 빨개지고 다리가 부들부들 떨렸지만 그래도 기타미를 지키려고 했다. 나서려면 지금이다, 하고 코페르는 생각했다. 하지만 그렇게 생각한 순간 온몸이 떨리기 시작해 발걸음이 떨어지지 않았다. 지금이다, 하고 생각하면 생각할수록 발이 움직여지지 않았다.

"흥, 이거 재밌는데."

구로카와가 기분 나쁘게 웃었다.

"기타미를 감싸겠다, 이거냐? 기타미와 함께 덤벼 보겠다, 이거야? 아주 재밌구먼. 그럼 한번 덤벼 봐."

구로카와가 구경하는 하급생들을 둘러보며 소리쳤다.

"기타미 친구는 모두 나와."

무시무시한 목소리였다. 코페르는 자기도 모르게 고개를 숙였다. 눈덩이를 쥐고 있는 손도 등 뒤로 숨겼다.

"여기에 기타미 친구가 더 있을 거 아니야. 있으면 지금 당장 나와."

옆머리는 구로카와 뒤에 서서 이렇게 외치며 음침한 눈으로 하급생들의 얼굴을 살펴보았다. 코페르는 옆머리의 시선을 느끼고 가슴이 섬뜩해졌다. 등 뒤로 숨긴 손바닥을 펴서 살그머니 눈덩이를 땅에 버렸다. 여전히 코페르는 고개를 들지 못했다.

"아야!"

미즈타니의 목소리가 코페르의 귀에 들리자마자 구로카와가 "기타미! 오늘 혼 좀 나 봐." 하고 사납게 외치는 소리도 들렸다. 이어서 픽, 픽, 하고 주먹으로 사람을 때리는 소리가 들렸다.

"해치워, 해치워!"

구로카와 패거리가 외치는 소리가 들렸다. 코페르가 겁에 질린 채 고개를 들었을 때는 눈사람 밑에 기타미가 쓰러져 있고, 그 앞에 우라가와와 미즈타니가 날아오는 눈덩이를 맞으며 서 있는 것이 보였다. 눈덩이는 미즈타니와 우라가와가 숨 돌릴 틈도 없이 얼굴과 가슴, 허리를 맞혔다. 그래도 두 사람은 기타미가 눈덩이에 맞지 않도록 날아오는 눈덩이를 피하지 않고 서 있었다.

댕, 댕, 댕……

오후 수업을 알리는 종소리가 운동장에 울려 퍼졌다. 1학년
은 수업이 끝났지만 상급생들에겐 오후 수업이 남아 있다. 종소
리를 듣자 상급생들은 한마디씩 욕을 하며 교실로 돌아갔다.

상급생들이 떠나자 미즈타니가 쓰러져 있는 기타미를 끌어
안고 일으켰다. 우라가와는 바닥에 떨어진 모자를 주워 기타미
에게 씌워 주었다. 기타미는 이를 악물고 겨우 일어서더니, "이
자식들!" 하고 외치며 눈사람을 몸으로 들이받았다. 눈사람이
부서지면서 몸통이 땅바닥에 떨어져 산산조각 났다. 기타미는
그래도 분이 풀리지 않는다는 듯 미즈타니에게 안겼다.

"억울해!"

억눌렸던 눈물이 터져 나왔다. 꽉 다문 이빨 사이로 신음이
새어 나오고 기타미는 미즈타니 어깨에 고개를 묻은 채 온몸을
떨며 흐느껴 울었다. 미즈타니의 눈가에도 눈물이 그렁그렁 맺
혔다. 두 사람은 서로 얼싸안고 흐느꼈다. 우라가와도 그 모습
을 보고 울기 시작했다. 더러워진 손등으로 눈물을 닦으며 소
리 내어 울었다. 그 자리에 있던 동급생과 2학년, 3학년들은 구
로카와 패거리가 교실로 사라지자 세 사람 둘레에 모여들었지
만 이렇게 울고 있는 모습을 보고는 말을 걸 수 없어 수군거리
며 자리를 떴다. 마지막까지 남은 사람은 흐느껴 우는 세 사람
과 코페르뿐이었다.

코페르는 고개를 들지 못하고 그 자리에 우두커니 서 있었다.
파랗게 질린 얼굴로 발등만 내려다보고 있었다. 태양은 운동장
을 지나 학교 건물 위에서 눈부시게 빛나고 있었지만 길게 그
림자를 드리우고 서 있는 코페르는 더없이 외로워 보였다. 그렇
다. 코페르는 지금 깊은 어둠 속으로 홀로 떨어지고 있었다.

'비겁한 놈.'

'비겁한 놈.'

'비겁한 놈.'

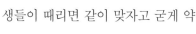

듣지 않으려고 해도 정
체를 알 수 없는 목소리가
귓가에 맴돌았다. 1월 5일
에 미즈타니 방에서 상급
생들이 때리면 같이 맞자고 굳게 약
속했던 것을 코페르 혼자 지키지 못했다.
눈앞에서 기타미가 얻어맞고 있는데도 아무런 저항도 못하고,
도와주지도 못하고 그냥 구경만 했다. 하지만 미즈타니와 우라
가와는 약속한 대로 남자답게 기타미와 운명을 함께했다.

코페르는 고개를 들 만한 용기가 없었다. 겨우 5, 6미터 떨어
진 곳에서 기타미와 친구들이 서로 끌어안고 흐느끼는 모습이
보이지만 그 옆에 다가갈 수 없었다. 말을 걸 수도 없었다. 방금

전까지만 해도 그토록 사이좋던 친구들이 이제는 서먹서먹한 사이가 되어 영원히 다가갈 수 없을 것만 같았다. 스스로 친구들에게서 멀리 떨어진 듯한 생각이 들었다. 마치 혼자만 어두운 골짜기 밑바닥으로 떨어지고 있는 것 같았다. 도무지 기어오를 수 없는 높은 벼랑 아래 홀로 남겨진 듯했다. 내가 왜 그랬을까. 왜 그런 짓을 했을까. 코페르는 자기가 왜 그랬는지 정말 이해가 안 되었다.

고개를 숙이고 서 있는 코페르의 머릿속에서 십오 분 전에 일어났던 사건이 악몽처럼 되살아났다. 상급생들에게 둘러싸여서도 꿋꿋하게 고개를 들고 서 있던 기타미의 모습, 구로카와의 성난 옆얼굴, 옆머리를 짧게 자른 상급생의 야비한 눈매, 미즈타니가 긴장하며 기타미를 에워싸던 모습, 금방이라도 울 것 같은 얼굴로 무언가 열심히 설명하려고 했던 우라가와……. 그래 맞아, 나도 앞으로 뛰어나가 미즈타니와 우라가와와 함께 기타미를 지켜 주려고 했어. 나가려면 지금이다! 지금 나가야 해! 하고 여러 번 마음속으로 외쳤어. 하지만 기회를 잃고 끝끝내 나가지 못했어!

'나도…….'

코페르는 속으로 중얼거렸다.

'나도 그 자리에 뛰어나가고 싶었어. 나 혼자 피할 생각은 없

었어. 어쩌다 보니 못 나간 것뿐이야…….'

그렇다면 구로카와가 "기타미 친구는 모두 나와." 하고 소리
쳤을 때 몰래 눈덩이를 쥔 손을 등 뒤로 숨긴 사람은 누구였을
까. 옆머리가 흘끗 노려보았을 때 자기도 모르게 눈덩이를 버린
사람은 누구였을까. 코페르는 그때의 자신을 떠올렸다. 다른 사
람들은 깨닫지 못하더라도 코페르 자신은 누가 그랬는지 알고
있다. 얼굴에서 핏기가 사라지는 것을 느꼈다. 그때의 내 마음!
누가 보고 있지는 않나, 하고 곁눈질로 둘레를 훔쳐보던 나! 코
페르는 이런 기억을 마음속에서 지워 버리고 싶었다. 코페르는
친구들을 배신했다. 이제는 무슨 수를 쓰더라도 자신의 비겁한
행동을 지우지 못한다. 내가 얼마나 멍청한 짓을 한 것일까!

코페르는 자신이 저지른 행동이 너무나 한심스러워 눈물도
나오지 않았다. 겨우 몇 분 전까지 반짝거리며 빛나던 눈밭에서
세 사람이 웃고 떠들며 놀았는데, 모두 머나먼 옛일 같았다.

얼마나 그 자리에 서 있었을까. 코페르는 기타미와 친구들이
움직이는 낌새를 느끼고 고개를 들었다. 미즈타니가 무슨 말인
가를 하자 기타미가 고개를 끄덕이면서 건물 쪽으로 걸어가려
고 했다.

'아, 저 셋은 이제 가 버릴 거야. 사과하려면 지금이야, 지금
기회를 놓치면…….'

코페르는 그렇게 생각했다. 그렇게 생각했지만 코페르는 기타미를 쫓아갈 수 없었다. 쑥스러움, 부끄러움! 못에 박힌 것처럼 두려움에 떨며 세 사람의 뒷모습을 눈으로 쫓을 뿐이었다.

'혹시라도 기타미가 돌아보며 살짝이라도 웃어 준다면…….
아니, 미즈타니가 말을 걸어 준다면…….'

코페르는 얼마나 바랐는지 모른다. 만일 기타미나 미즈타니가 그렇게 해 주었다면 코페르는 세 사람이 있는 곳으로 한달음에 달려갔을 테다. 그러고는 울면서 사과했을 테다. 하지만 기타미와 친구들은 코페르는 안중에도 없다는 듯 코페르를 그곳에 놔둔 채 걸어갔다. 우라가와만 잠깐 발을 멈추고 코페르를 뒤돌아보았다. 우라가와는 코페르와 눈이 마주치자 안됐다는 표정을 지으며 무슨 말인가를 하려고 했지만 그것도 겨우 이삼 초 사이에 일어난 일로 우라가와마저도 코페르에게 등을 돌리고 두 사람을 따라가 버렸다.

코페르는 운동장에 혼자 남았다. 세 사람이 서로 몸을 기대고 걸어가는 뒷모습을 바라보고 있자니 태어나서 처음으로 가슴이 쥐어뜯기는 감정을 느꼈다. 이것으로 사과할 기회를 놓치고 말았다! 그런 후회도 있었지만 그보다는 사이좋게 걸어가는 세 사람의 뒷모습! 그 다정한 모습을 혼자 남아 지켜봐야 하는 자신의 처지가 견딜 수 없이 괴로웠다. 기타미는 미즈타니의 어깨를 손으로 짚고 있다. 미즈타니는 기타미의 어깨를 끌어안듯 받쳐주고 있다. 우라가와도 기타미를 부축하며 걷고 있다. 세 사람은 같은 위험 속에서 함께 고통을 겪으며 억울한 눈물을 흘렸다. 지금쯤 세 사람의 마음은 하나로 녹아 있을 테다. 억울하지만 그래도 믿을 수 있는 친구들이 옆에 있어 기뻐하고 있을 테다. 그런 억울한 일을 함께 겪었기에 세 사람은 하나가 되었을 테다. 코페르는 홀로 남아 세 사람이 지금 어떤 심정일지 상상해 보았다. 세 사람의 마음을 상상할 수 있기에 이젠 세 아이들과 친구로서 다정하게 지낼 자격이 없는 자신의 처지가 더욱 비참하게 느껴졌다. 초등학생 때부터 코페르와 친했던 미즈타니가 지금은 코페르 따위는 거들떠보지도 않고 기타미와 서로 어깨를 걸고 사라져 간다. 코페르를 그토록 믿던 우라가와도 지금은 불쌍하다는 듯 코페르를 바라보기만 할 뿐 말도 걸지 않는다.

코페르는 눈 쌓인 운동장에 멍하니 서서 시야에서 멀어져 가는 세 친구들의 뒷모습에서 눈을 떼지 못했다. 문득 지금껏 느껴 보지 못한 괴롭고도 뜨거운 눈물이 흘러 세 사람의 뒷모습이 점점 더 흐릿해졌다. 코페르는 힘없이 고개를 떨어뜨렸다.

그날 코페르는 어떻게 집에 돌아왔는지 모른다. 우산을 질질 끌며 눈 녹은 길을 걸을 때도, 전차에 앉아 있을 때도 그 일만 떠오를 뿐이었다. 그리고 세 사람이 코페르를 운동장에 남겨 둔 채 뒤돌아서던 마지막 장면에 이르러서는 눈가에 새로운 눈물이 고이고는 했다.

집에 돌아와서도 어머니가 오랜만에 만들어준 핫케이크를 절반도 먹지 못했다. 저녁밥도 제대로 넘어가지 않았다. 어머니는 웬일인가 싶어 크게 걱정했다.

"배라도 아픈 거니?"

코페르는 대답하지 않았다.

"학교에서 기분 나쁜 일이라도 있었어?"

코페르는 이번에도 대답하지 않았다.

"왜 그러는 거니? 그런 얼굴을 하고⋯⋯."

어머니가 코페르 이마에 손을 대자 불덩이처럼 뜨거웠다. 체온계로 열을 재자 38도가 넘었다. 땀을 흘리고 오랫동안 차가운 눈밭에 서 있었기에 감기에 걸린 것이다. 어머니는 이불을 펴고 코페르를 눕혔다. 이마에 얼음주머니를 올려놓고 아스피린을 먹였다. 코페르는 여전히 아무 말도 하지 않았다. 몸이 안 좋아서가 아니다. 이렇게 입을 다물고 있지 않으면 둑이 무너진 것처럼 큰 소리로 울음이 터져 나올 것만 같았다. 어머니가 부드럽게 대해 주면 대해 줄수록 더욱 그랬다. 하지만 어머니는 코페르가 병 때문에 무뚝뚝해졌다고 생각했을 테다. 땀을 닦아

주고 이불을 덮어 주며 몇 번이고 쓰다듬어 주고 나서 전깃불을 어둡게 하고는 "오늘은 그만 쉬렴." 이렇게 말하며 방을 나갔다.

혼자가 된 코페르는 눈을 감았다. 눈을 감자마자 또다시 운동장 일이 생각났다. 무시무시한 구로카와의 얼굴, 옆 머리의 눈동자, 눈 위를 뒹구는 기타미 그리고……, 그리고 자기를 뒤로 남겨 둔 채 사라진 세 사람의 뒷모습! 코페르는 이불을 뒤집어쓰고 울었다. 눈물이 베개에 떨어지는 게 느껴졌다.

'나는 세 사람한테 버림받은 거야. 이제 다시는 나하고 아는 척하지 않을 거야. 내가 아무리 괴로워해도…….'

코페르는 견딜 수 없을 만큼 슬퍼 이불이 젖을 때까지 눈물을 흘렸다. 차가운 공기가 잠옷 속을 파고든다. 머리는 뜨겁기만 한데 등허리에서는 오싹오싹 한기가 전해 온다. 찬 기운이 몸을 파고들 때마다 온몸이 부들부들 떨렸지만 코페르는 이불을 덮으려고 하지 않았다.

'감기가 더 심해지면 좋겠어. 더 심해져서 죽어 버렸으면 좋겠어……. 그러면 기타미와 아이들도 내 마음을 알아줄 텐데.'

돌층계의 추억

코페르는 감기에 걸려 보름 가까이 누워 지냈다. 한때는 폐렴으로 번지는 게 아닌가 걱정될 만큼 상태가 나빠지기도 했다. 사흘 동안 아침, 낮, 저녁에 열이 40도 가까이 올라 무척 고통스러워했다. 어머니가 밤잠도 안 자고 옆에서 간호해 준 덕분에 나흘째 되는 날부터 천천히 열이 내렸고 몸도 조금씩 회복되었다. 일주일째에는 이불에 누워 책도 볼 수 있게 되었는데 열이 조금 있고 기침도 그치지 않아서 여전히 이불 속에서만 지내야 했다. 여느 때라면 감기쯤은 아무것도 아니라면서 학교에 가겠다고 고집을 피웠을 텐데 이번에는 의사 선생님이 시키는 대로 의젓하게 이불 속에 누워 있었다. 너무 의젓해서 어머니는 오히려 걱정이 될 정도였다.

'어떻게 된 일일까, 무슨 일이 있었을까……'

어머니는 코페르를 보면서 고개를 갸웃거렸다.

코페르는 누워서도 눈 내리던 그날의 사건을 떠올렸다. 그
때 일을 생각하면 생각할수록 학교에서 친구들을 마주할 용기
가 사라졌다. 다행히도 그날 저녁부터 몸이 안 좋아 학교를 쉰
탓에 지금까지는 친구들하고 마주칠 일이 없었다. 하지만 언제
까지 이렇게 지낼 수는 없는 노릇이다. 언젠가는 학교에 나가
야 하고, 그러면 세 친구와 만날 수밖에 없다. 그런 것을 생각하
면 가슴이 답답해졌다. 그렇다고 앞으로 영원히 세 사람과 만나
지 않기를 바라는 것은 절대로 아니었다. 그 생각만큼 코페르를
괴롭히는 일도 없었다. 그토록 친하게 지내던 미즈타니, 그토록
자기를 믿었던 우라가와, 그토록 재미있게 놀던 기타미…… 이
들 세 친구와 영원히 헤어져야 한다는 것은 생각만 해도 견딜
수 없었다.

'어떻게 하면 좋을까.'

코페르는 눈 아래까지 이불을 덮고 천장을 바라보면서 몇 시
간씩 골똘히 생각해 보았다. 세 친구와 다시 얼굴을 마주 보는
것은 정말 괴롭겠지만 그래도 다시 예전처럼 친하게 지내고 싶
은 마음은 더더욱 간절했다. 일단 사과하고 용서를 구하는 방법
밖에 없다. 코페르도 이것은 잘 알고 있다. 그런데 뭐라고 사과

해야 좋을까.

코페르의 머릿속에서 갖가지 변명들이 떠올랐다. 첫째로 기타미와 친구들이 상급생에게 붙잡혀서 맞고 있을 때 코페르가 처음부터 구경하던 학생들 속에 섞여 있었다는 것은 모르고 있었을 테다. 어쩌면 코페르가 상황을 눈치채고 달려왔을 때는 이미 친구들이 맞고 나서였다고 변명해도 믿을지 모른다.

'맞아, 그렇게 말하면 기타미는 내가 나서지 않은 것을 이해할지도 몰라. 나오지 않은 게 아니라 나오고 싶어도 시간이 안 맞았던 거니까.'

코페르는 좋은 생각이 떠올랐다고 만족했다. 그런데 우라가와를 생각하면 다시 우울해졌다. 우라가와는 구경하던 학생들 틈에 있었다. 어쩌면 처음부터 코페르를 보고 있었을지도 모른다. 만약 그랬다면 이런 거짓말은 금방 들통 난다.

감기를 이유로 내세워 보는 건 어떨까.

'그날 사건이 일어나기 전부터 으슬으슬 추웠어. 그때는 이미 감기에 걸렸나 봐. 몸이 안 좋아서 서 있기도 힘들었어. 내가 나가지 못한 건 정말 미안하지만 아파서 그런 거니까 이해해 줘.'

이렇게 말하면서 사과하면 모두 용서해 줄지도 모른다. 그런데 바로 전까지 웃고 떠들며 놀았는데 아파서 움직일 수 없었다고 말하면 정말 믿을까. 생각해 보니 이것도 변명거리는 되지 않는 것 같았다.

뭐라고 둘러대야 좋을까.

'약속한 대로 구로카와 패거리들 앞에 뛰어나가려고 했는데 갑자기 이런 생각이 떠올랐어. 지금 나서기보다는 조금 더 상황을 지켜보고 나중에 증인이 되는 것이 좋겠다고. 지금 나서지 않는다면 선생님들은 내 말을 믿을 테고 구로카와 패거리들은 벌을 받을 거야. 기타미와 친구들의 원수를 갚기 위해서라도 내가 나서지 않고 상황을 똑바로 봐 두는 게 좋겠다……. 이렇게 생각해서 일부러 안 나갔던 거야.'

이렇게 변명한다면 세 사람은 자신이 일부러 나서지 않았다는 것을 알게 될 테고 약속을 어긴 것도 이해할 테다. 하지만 기타미와 친구들이 이런 말을 믿을 것인지가 문제다. 만에 하나 이런 말을 믿고 기타미가, '아, 그랬구나? 미안해. 그런 줄도 모르고 널 오해했어. 우리가 잘못했어.' 하고 사과라도 한다면 코페르는 태연하게 친구들과 어울릴 수 있을까. 실제로 이렇게 된다면 코페르가 견뎌 내지 못할 테다. 이보다 더 친구들을 속여 넘기는 짓은 없기 때문이다.

그 자리에서 자신을 본 사람이 하나도 없다고 해도 코페르의 마음속에는 그날의 기억이 생생하게 남아 있다. 구로카와가 "기타미 친구는 모두 나와." 하고 외치던 소리. 그 목소리를 듣고 자기도 모르게 눈덩이를 든 손을 등 뒤로 감춘 일! 그리고 몰래 눈덩이를 버린 일! 그때 일이 이렇게 생생히 머릿속에 들러붙어 있는데 친구들을 생각해서 일부러 나서지 않은 것처럼 거짓말을 할 수 있을까. 나 자신을 무슨 수로 속일까.

코페르는 그때 한 행동을 생각하면 자신이 너무나 싫어졌다. 이번 일이 있기 전까지 자신이 그토록 겁쟁이라고는, 그토록 비겁한 인간이라고는 꿈에서도 상상해 본 적이 없다. 코페르는 이번 일을 겪으면서 사람은 한 번 행동하고 나면 두 번 다시 되돌릴 수 없다는 것을 뼈저리게 느꼈다. 그래서 정말 무섭다고 생각했다. 내가 한 일을 아는 사람이 없다고 해도 내가 알고 있고, 내가 잊었다고 해도 내가 저지른 일인 만큼 그런 행동을 했다는 사실은 내 안에서 사라지지 않는다. 아무리 긴 시간이 지나도 내가 그때 그런 인간이었다는 것을 지워 버릴 방법이 없다.

'어떻게 해야 좋을까, 어떻게 해야…….'

코페르는 천장을 올려다보면서 자기도 모르게 입술을 깨물었다. 저녁이 되어서도 전깃불을 켜지 않고 혼자 생각에 잠겨 있다가 뭐라 말하기 힘든 외로움을 사무치게 느꼈다.

코페르는 말수가 점점 더 줄어들었다. 말없이 생각에 잠길 때가 많았다. 여느 때라면 몸이 아프다가도 조금만 좋아지면 기운을 차렸을 테다. 어머니는 코페르가 병에 걸리면 병이 심해지지 않는 한 바라는 대로 해 주었다. 코페르는 환자라는 특권을 앞세워 온갖 주문을 쏟아 내고는 했다. 그런데 이번에는 어머니가 먼저 점심 때 오믈렛을 만들어 줄까, 하고 물어도, 러시아 과자를 구워 줄까, 하고 물어도, 읽고 싶은 책이 없냐고 물어도 내키지 않는다는 듯 억지로 대답한다. 어머니가 코페르의 기분을 북돋아 주려고 자꾸 말을 걸자 나중에는, "말 좀 그만 시켜……." 하고 화를 내며 등을 돌리기 일쑤였다. 그러면 어머니는 걱정이 되어 눈썹을 찡그리면서도 왜 그러냐고 묻고 싶은 말을 참고 살며시 방을 나가고는 했다. 등 뒤에서 어머니가 가볍게 한숨을 내쉬는 소리가 들리면 코페르는 눈에서 눈물이 주르르 흘렀다.

　이번 일은 코페르의 삶에서 가장 큰 사건이었다. 이만큼 마음을 뒤흔들어 놓은 사건은 처음이었다. 아버지가 돌아가셨을 때도 외롭고 슬퍼서 자주 훌쩍였지만 슬픔에 몸을 맡기고 실컷 울고 나면 기분이 누그러졌다. 지금처럼 자신이 한 일을 후회하고 꾸짖으며 괴로워한 적은 없다. 후회하고 슬퍼해도 돌이킬 수 없다는 것을 알기에 점점 더 괴로워졌다. 자다가 한밤중에 문득 눈을 뜨고 잠을 이루지 못한 날이 하루 이틀이 아니다. 코페르는 자신이 한 일을 되돌아보면서 똑바로 자기를 바라보아야 한다는 것을 처음으로 깨달았다.

괴로운 날들이 며칠 동안 이어졌다.

코페르는 마음이 점점 더 무거워졌다. 적당한 변명거리를 찾는다고 해도 친구들을 배신했다는 사실은 달라지지 않는다. 친구들을 배신했다는 사실은 언제까지나 코페르를 따라다니며 코페르의 양심을 지켜보고 있을 테다. 코페르는 변명거리를 더 찾지 않기로 했다. 그러자 기분은 조금 산뜻해졌지만 자신이 비겁하게 행동한 게 자꾸 떠올라 기타미와 미즈타니, 우라가와에게 말로 할 수 없을 만큼 미안했다. 그 세 친구에게 '내가 잘못했어.' 하고 사과하고 싶었다. 그런데 사과한다고 해서 세 사람이 코페르를 용서해 줄까. 자신이 비겁했다는 것을 인정한다면 친구들은 코페르에게 더더욱 실망하는 것은 아닐까. 코페르는 그렇게 생각하면 또다시 고민에 사로잡혔다.

일요일 오전이다.

장지문으로 밝은 햇살이 비치고 화로에 올려놓은 주전자는 부글부글 끓고 있다. 외삼촌은 코페르 옆에 누워 신문을 읽고 있었다. 코페르는 반듯하게 누워 이제는 별로 필요도 없는 것 같은 얼음주머니를 그네 밀듯 흔들고 있었다. 얼음주머니는 천장에 매단 줄에 묶여 있었는데 미지근해진 얼음주머니를 한 번 밀면 시계추처럼 앞뒤로 움직였다. 그렇게 흔들리는 얼음주머니를 보면서 코페르는 생각에 잠겨 있었다.

'말할까, 말까……'

말할 생각이라면 외삼촌과 단둘이 있는 지금이 기회다. 코페르는 한참 망설이다 마침내 결심한 듯 입을 열었다.

"저기 있잖아, 외삼촌."

"응?"

외삼촌은 여전히 신문에서 눈을 떼지 않았다.

"나 있잖아……."

"응."

"나……."

막상 말하려고 하니까 뒷말이 이어지지 않았다. 눈을 질끈 감고 외삼촌에게 다 털어놓을 작정이었는데 말을 꺼내기가 여간 어려운 게 아니었다. 그래도 용기를 내어 목소리를 짜냈다.

"나 학교 가기 싫어."

외삼촌은 코페르가
한참 망설이다 그렇게
말하자 뜻밖이라는 듯
신문에서 눈을 떼었다.

"무슨 일 있었니?"

"나…… 학교 가기

싫어."

코페르는 화가 난 것처럼 같은 말을 되풀이했다.

"감기도 거의 다 나았고 조금 있으면 시험도 있을 것 아니야."

"그래도 학교 가기 싫어."

"이유가 뭐지?"

"난……."

코페르는 또다시 말문이 막혔다.

"너 오늘 이상하구나. 평소엔……."

"그런 게 아니야."

코페르는 몸을 세게 흔들며 외삼촌이 하는 말을 가로막았다.

"외삼촌, 난 말이지……."

여기까지 말했을 때 눈시울이 뜨거워지는가 싶더니 왈칵 눈
물이 쏟아졌다. 코페르는 목이 메는 것을 억지로 참고 말했다.

"정말, 정말 미안한 짓을 해 버렸어."

"……."

외삼촌은 몸을 일으켜 자세를 바로 하고 앉아 코페르를 보았
다. 반듯하게 누워 있는 코페르의 눈가에서 눈물 한 줄기가 귓
불로 흘러내린다.

"무슨 일 있었구나?"

외삼촌은 차분한 목소리로 물었다.

"외삼촌에게 모두 말해 봐."

코페르는 눈물을 흘리며 말없이 천장만 올려다보았다. 외삼촌이 다시 물었다.

"자, 무슨 말이든 다 해 봐. 외삼촌한테 다 털어놔."

코페르는 더듬거리며 1월에 미즈타니의 집에서 약속했던 일, 눈 내리는 날의 사건, 세 사람이 자기를 운동장에 놔두고 간 일을 모두 이야기했다. 코페르는 이야기하는 동안 마음속에 고여 있던 무엇인가가 몸 밖으로 빠져나가는 것을 느꼈다. 그리고 끝에 가서는 평소처럼 말도 술술 잘 나왔다.

"외삼촌, 내가 정말 나빴다고 생각해. 친구들이 나 때문에 화가 났더라도 어쩔 수 없어. 내가 비겁한 짓을 했으니까. 내가 비겁한 짓을……."

코페르는 그렇게 고백하다 보니 어깨에서 무거운 짐을 내려놓는 것 같았다.

"그래? 그런 일이 있었구나."

외삼촌도 어쩐지 마음을 놓은 듯 말했다.

"그래서 코페르, 어떻게 하고 싶니?"

"어떻게 해야 좋을지 모르겠어. 그래도 아이들에게 내 사정을 전하고 싶어."

"어떤 사정?"

"어떤 사정이라니? 당연히 내가 저지른 일이지. 그땐 내가 정말 잘못한 거야. 그리고 난 진심으로 사과하고 싶어. 지금도 그때 일을 생각하면 견딜 수가 없어."

"그래?"

"그리고 외삼촌, 변명처럼 들릴지 모르지만 그때 진짜로 몇 번이나 구로카와 앞에 나가려고 했어."

"……."

"정말이야, 외삼촌. 정말 나가고 싶었어. 나가고 싶었는데 겁이 났던 거야. 그러는 동안 기타미가 맞은 거고. 내가 겁쟁이였다는 건 부정할 수 없어도 지금도 기타미가 걱정돼. 그때도 속 편하게 구경만 한 건 절대로 아니야. 그것만은 꼭 이해해 주면 좋겠어."

"음, 그랬구나."

외삼촌은 코페르가 하는 말에 동감하는 것 같았다.

"그런데 어떻게 해야 좋을지 모르겠어."

외삼촌은 코페르에게 용기를 주려는 듯 밝은 얼굴로 말했다.

"그런 건 깊이 생각할 필요도 없어. 지금 당장 편지를 써. 편지를 써서 기타미에게 사과하는 거야. 그런 기분을 계속 마음에 담고 있어선 안 돼."

코페르는 주저했다.

"하지만 외삼촌, 그렇게 한다고 기타미와 아이들이 나를 용서해 줄까?"

"그건 알 수 없지."

"그럼 싫어."

외삼촌의 얼굴이 싸늘하게 변했다.

"준이치!"

외삼촌은 오랜만에 코페르라는 별명 대신 이름을 불렀다.

"그건 잘못 생각하는 거야. 너는 친구들하고 한 약속을 어겼어. 구로카와의 주먹이 무서워서 기타미와 친구들을 모른 척했어. 그리고 네가 비겁했다고 괴로워하면서 기타미와 친구들이 화를 내는 게 당연하다고 말했어. 그런데 왜 편지를 못 쓰겠다는 거지? 왜 남자답게 자기가 한 짓을 끝까지 책임지려 하지 않는 거야?"

코페르는 회초리로 세게 얻어맞은 것 같았다.

외삼촌은 화가 난 목소리로 이어 말했다.

"기타미와 미즈타니가 두 번 다시 널 보지 않겠다고 해도 넌 대꾸할 자격이 없어. 그 아이들이 너한테 무슨 말을 하든 넌 할 말이 없어."

코페르는 괴로워하며 눈을 꼭 감았다.

"친한 친구들과 이런 문제로 사이가 나빠진다면 당연히 괴롭겠지."

외삼촌은 목소리를 조금 누그러뜨렸다.

"외삼촌은 네가 친구들과 화해하고 싶어 하는 마음을 이해할 수 있어. 하지만 코페르, 지금은 화해를 생각할 때가 아니야. 네가 해야 할 일은 지금 당장 친구들에게 사과하는 거야. 그게 사람다운 태도란다. 네가 미안하게 생각한다는 것을 있는 그대로 친구들에게 전해야 해. 그 결과는 지금 생각하지 않아도 돼. 네가 솔직히 잘못을 인정하고 용서해 달라고 하면 친구들이 예전처럼 너를 친구로 받아 줄 수도 있잖니. 물론 화를 내며 끝까지 용서하지 않을 수도 있어. 하지만 그런 문제는 여기에서 고민할 문제가 아니야. 그리고 친구들이 너를 거부하더라도 너는 할 말이 없어. 코페르, 용기를 내 봐. 지금 네가 괴로워하는 건 네가 저지른 행동 때문이잖아. 그렇다면 남자답게 견뎌 내야지. 이번 일만 하더라도 네가 지금처럼 도망쳤기 때문에 생긴 일이야. 무슨 일을 겪더라도 약속은 지키겠다는 용기가 없었기 때문에 이런 일이 생긴 것 아니겠니?"

코페르는 여전히 눈을 감고 고개를 끄덕였다.

"여기서 또 한 번 잘못을 저지를 수는 없어. 코페르, 용기를 내자. 다른 건 생각하지 말고 지금 네가 해야 할 일을 떠올려 봐. 지나간 일은 없던 일로 만들 수 없어. 지금은 지금 해야 할 일을 생각하는 거야. 네가 해야 할 일을 남자답게 해내는 거라고. 코페르, 이만한 문제로 괴로워해서는 안 돼.

자, 기운을 내고 친구들에게 편지를 쓰자. 솔직한 네 마음을 편지에 담아서 용서를 빌자. 그래야 네 마음도 편해질 거야."

코페르는 잠자코 외삼촌이 하는 말을 듣고 있었는데 눈물이 맺힌 눈으로 천장을 올려다보면서 무언가 다짐한 듯한 목소리로 말했다.

"외삼촌! 나, 편지 쓸게."

코페르는 결심한 듯 이렇게 말했다.

"친구들이 용서해 주지 않는다면 용서해 줄 때까지 기다리겠어."

그날 오후, 코페르는 오랫동안 기타미에게 보낼 편지를 썼다.

기타미에게.

네가 구로카와 패거리들에게 붙잡혔을 때 난 그 자리에 있었어. 그 자리에 있었지만 구경만 했어. 미즈타니와 우라가와가 도망가지 않고 너를 지키기 위해 맞서는 것을 보면서도 다가가지 못했어. 무슨 일이 생겨도 끝까지 함께 하자고 새끼손가락을 걸며 약속한 것을 잊어버렸던 건 아니야. 난 지금도 그날 우리가 한 약속을 똑똑히 기억하고 있어. 하지만 나 혼자 약속을 지키지 못했어. 나는 정말 비겁했어. 너에게 무슨 말로 사과해야 좋을지 모르겠어. 너에게도, 미즈타니에게도, 우라가와에게도 미안한 짓을 저질러 나 혼자 얼마나 괴로워했는지 몰라. 그때 일을 생각하면 지금도 가슴이 메어지고 답답해져.

나를 비겁한 놈이라고 불러도, 겁쟁이라고 불러도, 마구 욕을 해도 들을 준비가 돼 있어. 너희들이 나를 경멸하고, 두 번 다시 아는 척하지 않겠다고 말해도 반대할 자격이 없어. 다만 나 스스로 내가 한 짓을 부끄럽게 생각하고 있다는 것은 알아줘. 그때 일을 지금도 아쉬워하고 있다는 것을 알아줘. 차라리 죽는 게 낫다는 생각까지 해 봤어. 내가 나 자신을 부끄러워하고 있다는 것만은 꼭 알아줘.

용기가 없어서 너희들 옆에 서지 못했지만 너희들이 무슨 일을 당하든 나랑 상관없다고 생각한 적은 단 한 번도 없어. 그 마음은 지금 이 순간에도 변함 없어. 언제가 될지는 모르겠지만 너희들이 이런 내 마음을 알아주는 날이 오기를 간절히 바라고 있어. 그때는 이런 내 마음을 속이지 않고 행동으로 보여 줄 거야. 그때는 나도 반드시 용기를 낼 거야. 나한테 실망했겠지만 내 진심만은 믿어 주면 좋겠어. 네가 날 믿어 준다면 얼마나 좋을까.

혼다 준이치가 기타미 쓰네타에게
덧붙임. 이 편지는 미즈타니와 우라가와에게도 보여 줘.

코페르는 편지를 다 쓰고 나서 가정부에게 보내 달라고 부탁
했다. 잘못 쓴 편지지는 잘게 찢어 쓰레기통에 버리고 나서 머
리맡을 정리하고 이불에 누웠다. 피곤하면서도 왠지 마음이 놓
여 한숨이 작게 나왔다. 긴장이 풀어지는 것을 느끼며 눈을 감
았다.

'됐어, 이제 됐어.'

어디에선가 희미한 말소리가 들리는 것 같았다.

코페르는 이제 아무것도 더 생각하지 않기로 했다. 하지만 방
금 들린 희미한 목소리는 다시 듣고 싶어졌다. 그렇게 생각하는
동안 온몸에 졸음이 몰려와 잠에 빠져 버렸다.

이튿날도 날씨가 맑았다. 남향인 장지문 가득 햇살이 비쳐 방
안이 환하다. 주전자는 오늘도 혼잣말을 중얼거리고 있다.

코페르는 이불을 덮고 교과서를 읽고 있었다. 학교를 빠진 동
안 뒤처진 공부를 조금이라도 따라잡기 위해서다. 하지만 한 쪽
을 채 읽기도 전에 눈길은 교과서에서 장지문 유리창 너머로 보
이는 화창한 하늘로 옮아간다.

'기타미는 어젯밤에 편지를 받아 봤을까. 그랬다면 오늘 학교에 편지를 가져가 미즈타니와 우라가와에게 보여 줬을 텐데……. 하지만 어제 받지 못했을 수도 있다. 편지가 오늘 아침에 갔다면 아직 편지를 못 봤을 거야…….'

머릿속에서 그런 생각들이 떠나지 않았다. 코페르는 다시 교과서를 들고 다른 생각은 하지 않으려고 했다.

기타미는 편지를 읽고 어떻게 생각할 것인지, 미즈타니와 우라가와는 뭐라고 말할 것인지, 세 사람은 기분이 풀릴 것인지……. 그런 것을 생각하면 편지를 쓰기 전처럼 다시 답답해지는 것 같았다. 이러면 안 돼, 이러면 안 돼. 지금은 그런 것을 생각할 때가 아니야. 코페르는 자신을 타이르며 그 문제는 더 생각하지 않아야 한다고 마음먹었다.

그렇다. 코페르는 더 고민하지 않는 게 좋다. 자신이 실수한 것을 생각할 만큼 생각해 보았고, 후회할 만큼 후회했으며, 실컷 괴로워했다. 이제는 고개를 들고 다시는 그런 실수를 하지 않겠다고 마음을 다잡고 새롭게 출발할 때였다.

"오늘부터 공부하려는 거니?"

코페르가 뒤돌아보니 어머니가 복숭아꽃을 담은 꽃병을 들고 서 있었다.

"예쁘지?"

코페르는 빙그레 웃으며 고개를 끄덕였다. 어머니의 가슴께에서 얼굴을 반쯤 숨긴 복숭아나무 가지가 보였다. 이제 피기 시작하는 꽃봉오리와 아직 굳게 닫혀 있는 주홍색 꽃봉오리들이 물기를 머금고 가지에 매달려 있었다. 코페르는 부풀어 오르는 그 꽃들이 사랑스럽고 아름답게 보였다. 어머니는 꽃병을 바닥에 내려놓고 코페르 옆에서 뜨개질을 했다. 코페르는 다시 교과서로 눈을 돌렸다. 두 사람은 말이 없었다. 고요한 방 안에서 주전자 물이 부글부글 끓는 소리만이 시끄러웠다.

코페르가 또 교과서에서 눈을 떼고 멍하니 하늘을 바라보자 어머니가 말했다.

"엄마는 말이지, 이렇게 뜨개질 같은 걸 하고 있으면 늘 생각나는 일이 있어."

목소리가 부드러웠다.

"그건 말이야, 엄마가 아직 여학교에 다닐 때란다. 학교가 끝나면 일부러 길을 돌아서 유시마(도쿄 도 분쿄 구 남동 지역)에 있는 신사(이곳은 학문의 신을 모시고 있다)에 들러 신께 기도하고 집에 가곤 했어. 그때마다 신사 뒤쪽으로 난 돌층계를 오르내렸어. 너도 알고 있는지 모르겠구나. 신사 뒤쪽으로 지금도 오래된 돌층계가 남아 있을 거야. 거기는 대낮에도 어쩐지 으스스하고 쓸쓸했는데 지금은 어떻게 됐는지 모르겠구나.

그날도 엄마는 돌층계를 올라가려고 했어. 그때 처음 보는 할머니가 한 손에 보따리를 들고 돌층계를 올라가고 있었어. 나이는 일흔이 넘은 것 같았는데 흰머리를 묶은 공단(감이 두껍고 무늬가 없는 비단) 머리띠가 지금도 기억나. 몸집도 아주 조그마한 분이었어. 옷자락이 거치적거리는지 허리까지 끌어올렸고, 흰 버선을 신은 마른 정강이가 다 드러나 있었어. 우산을 지팡이 삼아 아이구, 아이구, 하면서 돌층계를 올라가시는 거야. 보따리에 뭐가 들었는지 모르겠지만 보기보다 꽤 무거워 보였어. 굽이 달린 나막신을 신고 있어서 돌층계를 하나 밟을 때마다 삐걱거리는 소리가 나는 것도 위태위태했어. 두세 층계를 올라가서는 쉬고, 또 두세 층계를 올라가서는 쉬고……. 그렇게 쉴 때마다 허리를 뒤로 젖히면서 힘들어하시는데 그냥 보고 있을 수만은 없겠더라고.

그래서 보따리를 들어 드려야겠다고 생각했어. 할머니는 엄마보다 겨우 몇 층계 위에 계셨고 엄마한테 그 보따리는 별로 무겁지도 않았을 거야. 한 손에 보따리를 들고 나머지 한 손으로 할머니를 부축해서 돌층계를 올라가는 것도 그리 힘든 일은 아니었어. 할머니가 또 허리를 뒤로 젖히고 잠깐 쉬는 틈을 타서 얼른 쫓아가려고 했지. 그런데 할머니가 또 층계를 오르시는 거야. 등을 동그랗게 구부리고 열심히 돌층계만 오르시는 뒷모

습을 보고 있자니 말을 걸 기회가 없어 할머니 뒤를 따라 올라
갔어. 다음번에 할머니가 걸음을 멈추면 그때 재빨리 옆으로 다
가가서, 할머니, 짐은 제가 들게요, 하고 말해야겠다, 머릿속으
로 계속 그렇게 생각하면서 따라간 거야. 그런데 할머니가 걸음
을 멈출 때는 어쩐지 말을 걸기가 쑥스러워서 나도 모르게 같이
멈춰 버렸어. 어떻게 할까, 고민하는데 할머니가 그새 또 층계
를 오르시는 거야. 내가 뒤에 있다는 건 생각지도 않으시고. 엄
마는 이번에는 꼭……, 하고 다
짐하면서 할머니를 따라 돌층
계를 올랐단다. 하지만 그
다음번에도 잠깐 주저하는
사이에 할머니를 도와 드
릴 기회를 놓치고 말았어.

그렇게 두서너 번 머뭇
거리는 동안 할머니는 돌층
계를 다 오르셨지. 엄마도 뒤따라
가다 마음이 바빠져서 걸음을 빨
리했고, 결국 할머니와 거의 함께
마지막 층계를 올라 신사 마당에
들어섰어. 할머니는 엄마가 뒤에서

혼자 애태우며 따라왔다는 걸 꿈에도 모른 채 보따리를 내려놓고 우산에 몸을 기대며 발밑에 있는 동네를 내려다보면서 어깻숨을 내쉬셨지. 엄마가 옆을 지나갈 때 표정 없는 얼굴로 엄마를 한 번 슬쩍 돌아보시고는 또 저 멀리 동네를 바라보시는 거야. 왜 그런지는 모르겠는데 엄마는 지금도 그때 할머니의 표정을 생생하게 기억하고 있어.

준이치, 엄마가 이야기하고 싶은 건 이게 다야. 엄마는 지금도 가끔 그때 일이 떠오른단다. 그리고 그때 만일 엄마가 할머니를 돕기 위해 적극 나섰다면 어땠을까, 하고 생각해 보고는 해."

어머니는 여기까지 말했다. 이야기하는 동안에도 뜨개질하는 손가락은 쉬지 않고 부지런히 움직였다. 어머니는 한 번씩 생각에 잠기는 듯했는데 조금 지나 다시 말을 이었다.

"엄마는 힘들어하는 할머니를 보고 짐이라도 들어 드려야겠다고 생각하면서도 마음만 그렇게 먹었을 뿐 다가가지 못했어. 이상하게도 그때 일이 아직도 마음속에 남아 있단다.

그날도 할머니와 헤어져 혼자 집에 오면서 여러 가지를 생각했지. 할머니를 도와 드리고 싶었는데 왜 나서지 못했을까. 왜 마음속으로 생각한 대로 실천하지 못했을까. 그렇게 생각하니 엄마가 나쁜 짓이라도 저지른 것 같더구나. 돌층계를 다 올라가서는 할머니를 돕고 싶어 했던 마음도 소용이 없어졌지. 마음 속 생각을 행동에 옮길 기회는 두 번 다시 생기지 않았어. 할머니가 마지막 돌층계를 밟고 신사 마당에 발을 디뎠을 때 할머니를 도와 드릴 수 있는 기회가 영원히 사라진 거야. 별것 아닌 일이지만 엄마는 무척 후회했어. 나중에 그때를 후회해 본들 이미 지나간 일이지. 엄마가 겪은 일은 아주 작은 사건이었지만 한 번 저지르고 나면 돌이킬 수 없다는 점에서 중요한 일들과 다를 게 없어.

그러고 나서 몇 년이나 지났을까. 엄마가 여학교 4학년 때 있었던 일이니까 벌써 20년 전이구나. 엄마도 어른이 되고 돌아가신 아빠와 결혼해서 너를 낳고, 재작년에 아빠가 돌아가시기 전까지 20년 동안 여러 가지 일들을 겪었지. 하지만 그때 돌층계에서 겪은 일만큼은 바로 어제 겪은 일처럼 생생해. 엄마는 나중에 여러 일을 겪을 때마다 그때 일을 떠올렸으니까. 어른이 되어서도 아, 그때 왜 생각한 대로 행동하지 못했을까, 하고 후회하는 일들이 많이 생겼어. 사람은 누구나 살아온 날들을 되돌아볼 때 그런 후회를 하나 둘쯤은 하게 마련이지. 아이들보다 어른이 지나간 일을 후회하는 경우가 더 많단다. 엄마만 해도 아빠가 이렇게 일찍 돌아가실 줄 알았다면 살아 있을 때 좀 더 잘해 드릴걸, 하고 후회하는걸."

어머니는 뜨개질하던 손을 멈추고 코페르와 함께 장지문 너머로 물색 하늘을 잠깐 쳐다보았다. 그러다가 다시 평소처럼 다정한 얼굴로 이야기를 이어 갔다.

"엄마는 돌층계에 얽힌 일을 기억하기 싫은 일로 여기지는 않아. 그야 그때 이렇게 했으면 좋았을걸, 저렇게 했으면 좋았을걸, 하고 후회는 했지. 또 그때 이렇게 하길 정말 잘했다고 생각하는 일도 없는 건 아니야. 손해나 이득을 따져서 그렇게 판단하는 건 아니란다. 마음속에 있는 따뜻한 감정이 행동으로 나타나고, 나중에 그때를 떠올리면서 아, 그렇게 하길 정말 잘했다, 하고 만족하는 일들이 몇 번은 있었다는 뜻이야. 생각해 보면 그때 돌층계에서 그런 일을 겪었기에 그 같은 소중한 경험도 할 수 있었던 것 같아.

생각해 보니 정말 그렇구나. 돌층계 사건이 없었다면 엄마는 지금처럼 좋은 추억을 많이 간직하지는 못했을 거야. 사람이 살면서 만나는 사건들은 모두 한 번뿐이며 두 번 다시 되풀이되지 않는다는 것을 돌층계 사건에서 배웠기 때문에 내 안에 들어 있는 좋은 생각과 아름다운 감정들이 무엇보다 소중하다는 것을 알게 되었지. 돌층계에서 그 일을 겪지 않았다면 이런 것은 훨씬 더 나이가 들어서 알게 되었을지도 몰라. 그래서 엄마는 돌층계에서 한 행동을 창피하다고 생각하지 않아. 그때 머뭇거린

것을 후회한 적은 있어도 인
생에서 중요한 한 가지를 배
운 셈이니까. 그 일을
겪고 나서 다른 사람
이 친절을 베풀면 진심
으로 고마워할 줄 알게 되
었단다."

코페르는 어머니가 들려주는 이야기와 자기가 이번에 겪은
사건이 다르지 않다고 생각했다.

"그래서 말이지……."

어머니는 코페르를 보지 않고 뜨개질을 계속하면서 말했다.

"너도 언젠가는 엄마가 겪은 일과 비슷한 경험을 할 거라고
생각해. 어쩌면 엄마가 겪었던 일보다 더 중요한 일일지도 몰
라. 그리고 엄마보다 더 많이 후회할지도 몰라. 하지만 그런 일
이 생기더라도 네 인생에 손해가 되지는 않을 거야. 단순히 그
일만 놓고 본다면 되돌리고 싶을 만큼 잘못했다 싶겠지. 하지만
그렇게 후회해서 중요한 것을 알게 된다면 그 경험은 절대로 나
쁜 게 아니야. 그런 일을 겪으면서 인생을 가치 있게 만들어 가
는 거란다. 너도 그만큼 훌륭한 인간이 되는 거고. 그러니까 무
슨 일을 하더라도 너 자신에게 실망해서는 안 돼. 네가 실수를

이겨 내고 다시 일어선다면 누군가는 그 노력과 마음을 알아 줄 거야. 사람들이 몰라주더라도 하느님은 분명히 보고 계실 거 야."

코페르는 어느새 눈가가 촉촉하게 젖어 들었다. 어머니는 외삼촌에게 이야기를 다 들어서 이번 사건을 알고 있을지도 모르겠다고 생각했다. 모든 것을 알면서도 그 일에 대해서는 한마디도 하지 않고 옛날에 겪은 일을 들려주고 있다. 아들이 기운을 차리길 바라는 마음으로 그런 이야기를 하고 있다. 코페르는 눈물이 나려는 것을 참고 또 참았지만 마침내 주르륵 흘리고 말았다. 감기에 걸리고 나서 툭 하면 흘리던 눈물하고는 의미가 다른 눈물이었다.

장지문 저쪽으로 봄을 그리워하는 따뜻한 하늘이 조용히 펼쳐져 있었다.

인간의 고뇌와 잘못의 위대함에 대하여

"자신을 불쌍하다고 말하는 사람들은 대부분 위대하다. 나무와 풀은 자신을 불쌍하다고 생각하지 않는다. 자신을 불쌍하다고 인식하는 것은 위대해지고 싶기 때문이다. 이것은 진리다. 마찬가지로 자신을 불쌍하다고 말하는 것은 자신이 위대하다고 말하는 것과 같다. 이것도 진리다. 스스로를 불쌍하게 여기는 사람은 스스로를 위대하게 여긴다. 그것은 왕위를 빼앗긴 임금이 스스로를 불쌍히 여기는 것과 같다. 왕위를 잃은 임금이 아니라면 그 누가 자신이 왕위에 앉지 않았다고 해서 슬퍼할 것인가. 입이 하나뿐이라는 이유로 자신이 불행하다고 말하는 사람이 있을까. 반대로 눈이 하나뿐이라면 스스로를 가엾게 생각하지 않을 사람이 있을까. 이 세상에 눈이 세 개가 아니라고 슬퍼하는 사람은 없다. 그러나 눈이 하나라면 사람들은 그를 위로해 줄 말을 찾지 못할 것이다."(파스칼)

임금이 그 자리를 다른 사람에게 빼앗긴다면 그 사람은 자신이 불행해졌다면서 슬퍼하겠지. 그 사람은 자신이 임금 노릇을 해야 하는데 못하기 때문에 슬퍼하는 거야. 마찬가지로 눈이 하나밖에 없는 사람이라면 자신이 불행하다고 느낄 거야. 본디 사람은 눈이 두 개인데 그 하나를 잃었기 때문이지. 만약 사람에게 눈이 하나만 있다면 슬퍼하지 않을 거야. 오히려 눈이 두 개인 사람들이 불구로 태어났다며 슬퍼하겠지.

코페르, 파스칼의 명언을 천천히 생각해 보렴. 이것은 우리 인생에서 중요한 진리와 사람은 왜 슬픔과 고통을 겪어야 하는지를 가르쳐 주고 있단다.

사람으로 태어나는 한, 어린아이는 어린아이 나름대로 또 어른은 어른대로 여러 가지 슬픈 일과 괴로운 일, 아픈 일을 겪으며 살아간단다. 슬픔과 아픔이 즐거울 수는 없어. 하지만 사람은 슬픔과 아픔을 겪기 때문에 인간이 어떤 존재인지 알게 된다고 생각해.

마음으로 느끼는 괴로움과 슬픔만이 고통은 아니야. 몸으로 느끼는 아픔과 괴로움도 있고, 몸으로 느끼는 고통도 마음이 괴로운 만큼이나 견디기 힘들어. 사람은 몸이 아주 건강할 때는 심장과 위와 장과 여러 내장들이 몸 안에서 어떤 일을 하고 있는지 잊어버린 채 살아가. 그러다가도 몸에 이상이 생기면, 더구나 심장 고동이 빨라진다든가, 배가 아프다든가 하면 그제야 내장 기관을 떠올리고 문제가 생겼다는 것을 알아차려. 몸이 아파 괴로워지는 건 몸의 기관에 고장이 났다는 신호니까. 몸이 아프기 때문에 우리는 신체 기관에 고장이 났다는 것을 알게 되는 거야. 우리는 몸이 정상이 아니라는 것을 아플 때 알 수 있어. 만일 몸에 이상이 생겼는데도 하나도 아프지 않다면 병을 발견할 수도 없고, 상황에 따라서는 생명을 잃을 수도 있어. 충치만 보더라도 평소에는 아프지 않은데 썩는 부위는 점점 더 늘어나지. 그러다 썩은 부위가 커졌을 때는 이미 치료할 수 없는 상태가 되는 거야. 몸이 아픈 건 누구나 싫어하지만 그 때문에 치료를 할 수 있다고 생각하면 고통은 우리에게 고마운 존재, 없어서는 안 될 존재라고 할 수 있어. 아플 때 몸에 이상이 생겼다는 것을 알게 되고, 건강의 소중함을 새삼 깨닫게 되니까.

이와 마찬가지로 마음이 아픈 건 우리가 정상적인 정신 상태에서 벗어났다는 것을 알려 주는 신호라고 볼 수 있단다. 그리고 우리는 마음이 아플 때 인간이 본래 어떤 존재였는지 마음에 새기고 생각해 볼 수 있지.

사람이 다른 사람과 조화롭게 살지 못할 때 아파하는 까닭은 사람이 본래 다른 사람과 함께 조화롭게 살아가는 존재로 태어났기 때문이 아닐까. 사람은 서로 사랑하고 친절을 베풀며 살아가야 하는 존재로 태어났기에 증오하고 싸우며 지내는 것을 불행으로 느끼고 괴로워하겠지. 사람이 사회에서 느끼는 불행과 고통을 생각해 보면 사람은 절대로 다른 사람을 증오하거나 적으로 만들면 안 되는 존재라는 것을 알 수 있어.

또 사람은 누구나 타고난 재능을 키우고 그 재능을 발휘할 수 있는 일을 하며 살아가야 하지만 그렇지 못할 경우도 있어. 그럴 때도 견딜 수 없을 만큼 아파하고 괴로워해.

사람이 스스로를 비참하다고 생각하고 그 때문에 괴로워하는 건 사람은 비참해져서는 안 되는 존재라는 증거겠지.

코페르, 우리는 아픔과 슬픔을 겪으면서 이런 지혜를 찾아내야 한단다.

욕망을 채우지 못했다고 불행하다고 말하는 사람이 있단다. 또 쓸데없는 겉치레에 얽매여 스스로 고난을 불러오는 사람도 있어. 이런 사람들은 욕망과 허영심 때문에 아프고 불행하기 때문에 욕망과 허영심을 버리면 고통과 불행도 자연스레 사라진단다. 우리는 그 사람들을 보면서 사람은 쓸데없는 욕망과 겉치레뿐인 허영심으로도 고통받고 불행해질 수 있다는 것을 배우게 돼.

단지 아픈 것만을 느낄 수 있는 감각은 사람에게만 있는 게 아니야. 개와 고양이도 상처를 입고 눈물을 흘려. 외롭고 슬프면 울기도 해. 다른 동물들도 몸이 아프고 굶주리고 목마를 때는 참기 어려워해. 그래서 우리는 개와 고양이, 말과 소 같은 동물을 보면서 지상에 함께 나온 생물체로서 동질감을 느끼고 애정을 쏟기도 하지만 이것만으로 사람답다는 것을 증명할 수 있는 것은 아니란다. 사람은 동물이 아니라 오직 사람만이 느끼는 고통 속에서 참으로 사람다워질 수 있단다.

그렇다면 사람은 어떤 아픔을 겪어야 참으로 사람다워질 수 있을까.

사람은 몸에 상처가 생기지도 않았고 굶주리지도 않았는데 상처 입고 괴로워하거나 갈증을 느끼는 경우가 있단다. 우리 마음은 마지막으로 희망을 걸었던 어떤 일이 물거품이 되어 버리면 상처를 입고 눈에 보이지 않는 피를 흘리며 괴로워해. 우리 마음은 다른 사람에게 오랫동안 애정을 받지 못하면 갈증을 느껴. 우리 사람이 마음에 가장 깊은 상처를 입고, 눈에서 가장 쓰라린 눈물을 짜낼 때는 자신이 저지른 실수를 절실하게 깨달을 때란다. 결과를 떠나서 자신의 행동을 되돌아보았을 때 내 탓이다, 하는 가책이 느껴진다면 이보다 더 큰 아픔은 없어. 그래서 많은 사람들은 어떻게든 변명을 만들어 내 실수를 덮어 보려고 한단다. 하지만 코페르, 이 세상에서 오직 사람만이 자신이 잘못한 일은 인정하고 그 아픔을 받아들일 수 있단다.

사람의 본성 가운데 옳고 그름을 분별하고 그에 따라 자신의 행동을 결정하는 힘이 없다면 사람은 자신의 행동을 반성하지도, 그 잘못을 후회하지도 않을 거야. 자신이 실수한 것을 후회하는 마음이 생기는 까닭은 그때 올바로 행동할 수 있었다는 것을 알고 있기 때문이란다. 그렇게 행동하는 것이 옳다는 것을 그때도 알고 있었기 때문이란다. 우리에게 올바른 이성의 목소리를 듣고, 그 목소리가 말하는 대로 행동할 힘이 없다면 우리는 절대로 자신이 실수한 것을 후회하지도, 그 때문에 고통스러워하지도 않을 거야. 누구나 자신이 저지른 실수를 인정할 때는 마음이 괴롭단다. 하지만 사람은 자신이 실수했다는 것을 인정하고 후회할 수 있었기에 동물보다 위대한 존재가 된 거란다. "왕위를 잃은 임금이 아니라면 그 누가 자신이 왕위에 없다고 해서 슬퍼할 것인가." 어떤 사람이 양심에 따라 행동할 능력이 없다면 실수했다고 쓰라린 눈물을 흘리지는 않는단다.

사람이라면 누구나 실수를 해. 그러나 양심이 마비되지 않았다면 실수했다고 생각하자마자 괴로워지겠지. 그러나 코페르, 지금 괴롭다고 해서 슬퍼할 필요는 없어. 지금 아파하는 동안 새로운 자신감을 찾는 것이 중요해. 그리고 이렇게 생각하는 것이 중요해. 나한테 올바른 길을 걸어갈 수 있는 힘이 있기에 가끔은 이렇게 괴로워지기도 하는 것이라고.

"실수는 진리를 생각하며 잠에서 깨어나는 것과 같다. 나는 사람이 실수를 하고 깨어나 진리를 향해 걷는 것을 본 적이 있다."

괴테가 한 말이란다.

우리에게는 자신이 어떻게 행동해야 할지 결정할 수 있는 힘이 있어. 그래서 때로는 실수를 저지르기도 해. 하지만 우리에게는 자신이 어떻게 행동해야 할지 결정할 수 있는 힘이 있어. 그래서 우리는 실수했을 때 다시 일어설 수 있는 거야.

코페르, 바로 이것이 네가 전에 말했던 "인간 분자의 운동"이 물질의 분자 운동과 다른 점이란다.

관계 개선

코페르는 어머니한테서 돌층계 이야기를 들은 이튿날 자리에서 일어났다. 이젠 감기도 다 나았다. 의사 선생님은 이삼일이 지나면 학교에 나가도 된다고 말했다. 코페르는 이 주일 가까이 누워 있던 이부자리에서 벗어나 집 안을 어슬렁거리며 지냈다. 기타미에게 편지를 보낸 지도 사흘이 지났다. 기타미에게 답장을 받는 것은 더 생각하지 않기로 했지만 그래도 답장을 기다리는 마음은 숨기지 못했다. 우편집배원이 올 시간이 되면 우편함이 궁금해서 몰래 살펴보러 갔다. 하지만 사흘이 지나도 기타미는 답장을 보내지 않았다.

나흘째 되는 낮이었다.

코페르가 햇빛이 잘 드는 따뜻한 이 층 복도에서 발톱을 깎고 있는데 어머니가 쾅, 쾅, 소리를 내며 서둘러 층계를 올라왔다.

"친구가 왔어."

어머니는 층계를 다 오르기도 전에 말했다. 그러고는 기뻐하며 코페르 옆에서 조금 숨을 몰아쉬었다.

"기타미야. 기타미가 왔어. 미즈타니와 우라가와도 왔어."

"뭐라고?"

코페르는 눈이 동그래졌다.

"엄마, 정말이야?"

"정말이고말고. 정말 왔다니까. 빨리 현관에 가 봐."

코페르는 정신없이 뛰었다. 어머니는 돌아보지도 않고 층계를 한달음에 내려갔다. 손톱깎이를 들고 있다는 것도 몰랐다. 현관에 뛰어나가자 세 사람이 현관 앞 시멘트 바닥에 나란히 서 있는 것이 보였다. 세 사람의 얼굴이 겹치듯이 코페르의 눈동자에 새겨졌다. 기타미가 웃고 있다. 미즈타니가 웃고 있다. 우라가와도 웃고 있다. 세 사람은 반갑게 웃으며 코페르를 보고 있었다.

"잘 지냈냐!"

기타미가 코페르를 보자마자 힘찬 목소리로 말을 건넸다. 지난 이 주일 동안 어두웠던 코페르의 마음을 한 방에 날려 버릴 만큼 기운찬 목소리였다. 코페르는 그 목소리와 함께 수백 명이 뛰놀던 그날의 활기찬 운동장 공기가 불어오는 것을 느꼈다.

"몸은 좀 어때?"

기타미는 코페르가 아직 밖으로 나오지도 않았는데 참지 못하고 계속 물어보았다.

"고마워. 이젠 괜찮아."

코페르는 기쁨에 겨운 목소리로 대답하며 친구들에게 다가갔다.

"언제부터 일어난 거야?"

미즈타니가 물어보았다.

"그저께부터."

"그럼 이제 학교에 나올 수 있겠네?"

이번에는 우라가와가 물었다.

"응, 내일모레부터 나갈 수 있대."

코페르는 그렇게 대답하면서 거울을 보지 않고도 자기 얼굴

이 환해졌다는 것을 느꼈다. 친구들이 묻는 말에 대답할 때마다 몸이 가벼워지고 두둥실 떠오르는 것 같았다.

네 사람은 한동안 이야기를 주고받는데, 문득 말이 끊겼다. 코페르도, 친구들도 무

슨 말을 해야 좋을지 모르는 것처럼 잠자코 있었다. 네 사람은 다음에 해야 할 이야기를 알고 있었지만 어떤 식으로 꺼내야 할지 난감해하고 있었다. 코페르는 친구들에게 사과하는 말을 해야 한다고 생각했다. 친구들도 코페르가 보낸 편지에 답을 해 줘야 한다는 것을 알고 있었다. 하지만 이렇게 얼굴을 마주하자 새삼 그런 이야기를 할 필요가 있을까, 하는 생각이 들었다. 기타미가 처음 한 말만 들어도 친구들이 그런 것을 마음에 두고 있지 않다는 건 알 수 있다. 그리고 코페르의 얼굴만 봐도 코페르가 친구들의 그런 마음을 알고 있다는 것을 알 수 있다. 코페르와 세 사람은 눈이 마주칠 때마다 환하게 웃으며 말없이 서 있었다.

"그런데 오늘 어떻게 온 거야?"

코페르가 생각났다는 듯 물어보았다.

"어떻게 오다니, 그게 무슨 말이야?"

"오늘은 학교가 쉬는 날도 아니잖아."

"아, 그거. 오늘 단축 수업했어. 선생님들끼리 무슨 회의가 있대. 다른 중학교에서도 선생님들이 많이 왔어."

기타미가 모두를 대표해 대답했다. 그러고는 코페르가 궁금해하는 다른 것들도 모두 이야기해 주었다.

"편지는 그저께 받았어. 어제 미즈타니랑 우라가와에게 보여 주고 다 같이 답장을 쓰려고 했는데 어차피 오늘 단축 수업을 하니까 편지를 보내는 것보다는 만나러 가자고 이야기했지."

코페르는 고개를 숙였다. 기타미가 말했다.

"그런 건 이제 괜찮아. 우린 진짜 아무렇지도 않아. 그렇지, 미즈타니?"

"맞아."

미즈타니는 기타미가 하는 말에 맞장구를 치면서 말했다.

"혼다, 정말 신경 쓰지 않아도 돼. 그렇게 신경 쓰면 우리가 더 미안해져."

"하지만 난……."

코페르가 무슨 말인가를 하려고 하자 우라가와가 나섰다.

"괜찮대도 그러네! 그보다 우린 네가 아픈데 편지도 못 써서 정말 미안해하고 있다고. 그런데 그러고 나서 정말 엄청 시끄러 웠어."

"정말 시끌벅적했지."

기타미도 고개를 끄덕였다.

세 사람은 눈 내리던 날 그 사건이 일어나고 나서 얼마나 학 교가 야단법석이었는지 차례차례 들려주었다. 듣고 보니 아닌 게 아니라 정말 학교가 떠들썩할 만큼 큰일이 있었다.

미즈타니의 누나는 기타미를 도우려다 미즈타니도 맞았다는 이야기를 듣고 크게 화를 냈다. 그날 밤늦게까지 아버지를 기다렸다가 낮에 일어난 일을 모두 이야기하고는 학교에 가 달라고 부탁했다. 아버지는 회사 일이 바빠서 내일모레쯤 시간을 내보겠다고 했지만 가쓰코는 말을 듣지 않았다. 결국 아버지에게서 이튿날 학교에 가 보겠다는 약속을 받아 내고야 말았다.

기타미네 집에서는 아버지가 크게 화를 냈다. 기타미의 아버지는 예비역 육군 대령인데 이야기를 듣자마자 기타미를 학교에 보내지 않겠다고 했다. 하급생이 상급생에게 예의를 지키지 않은 것은 분명 잘못했다, 하지만 그 처벌은 선생님이 해야 하며, 아무리 상급생이더라도 똑같은 학생이기 때문에 하급생을 처벌할 권한은 없다, 기타미가 잘못했다면 맞아도 상관없지만 상급생이 규율을 지키지 않은 것은 두고 볼 수 없다……. 기타미 아버지는 이렇게 생각했다. 만일 학교가 이대로 상급생을 내버려 둔다면 아들을 학교에 맡길 수 없으므로 보내지 않겠다고 하면서 다음 날 학교에 찾아갔다.

우라가와네 집에서는 어머니가 화를 냈다. 다른 학생들이 가난한 두부 가게 아들로 보아도 나한테는 소중한 아들이다, 바보든, 공부를 못하든 나쁜 짓은 하지 않았는데 이런 일을 당하는 건 못 참겠다, 학교는 부잣집 아들만 소중하게 여기겠다는 건가, 이렇게 공평하지 않게 대하면 절대로 못 참는다……. 우라가와의 어머니는 이 모든 일이 아버지 때문이라는 듯이 아버지에게 마구 화를 냈다. 그리고 이튿날 학교에 가서, "이게 어떻게 된 일이죠?" 하고 선생님에게 따졌다.

같은 날 세 아이의 학부모가 학교에 찾아오자 선생님들도 깜짝 놀랐다. 졸업식을 앞둔 5학년들이 저지른 일이기에 되도록 조용히 넘어가려고 했지만 문제가 커진 만큼 내버려 둘 수 없었다. 구로카와 패거리는 선생님들에게 불려 가 날마다 조사를 받았다. 선생님들은 비밀로 일을 처리하려고 했지만 소문은 눈 깜짝할 사이에 학생들에게 퍼졌다. 그날이 지나고 학생들이 모이기만 하면 이런 이야기로 학교가 들썩거렸다.

선생님들 사이에서도 여러 가지 의견이 나왔는데 일주일쯤 지나 처벌을 결정했다. 구로카와와 옆머리는 정학 사흘 처분을 받았다. 눈을 던진 나머지 아이들은 견책이라는 처벌을 받았다. 견책이란 교장 선생님에게 불려 가 야단을 맞는 벌이다. 교장 선생님은 징계 사실을 발표하고 나서 전교생을 강당에 모아 놓고 이번 일을 오해하지 않도록 훈계했다. 이번 사건은 요즘 들어 학교에서 일어나지 않은 큰 사건이었기 때문이다.

가장 당황한 사람은 누가 뭐래도 기타미였다. 아버지에게 그 일을 이야기한 탓에, 아버지에게 "너도 잘한 게 없어. 조용해질 때까지 집에 있어." 하는 말을 듣고 꼼짝없이 집에 갇혔다. 기타미의 아버지로 말하면 기타미의 아버지답게 성격이 완고해서 일단 말을 꺼내면 절대로 물러서지 않았다. 기타미가 학교에 가겠다고 고집을 부려도, "안 된다면 안 되는 줄 알아." 하고 화만 낼 뿐 허락해 주지 않았다. 하는 수 없이 기타미는 사건이 마무리될 때까지 일주일이나 집에 갇혀 지냈다.

"선생님께 네가 아프다는 말을 들었지만 사정이 이래서 문병을 올 수 없었어. 상황이 해결될 때까지는 확실한 게 없으니 함부로 편지를 쓸 수도 없었고."

기타미가 말했다.

아까부터 잠자코 서 있던 어머니가 네 사람 사이에 불쑥 끼어들었다.

"준이치, 그런 데 서서 이야기하지 말고 네 방으로 데리고 가야지."

"아, 참. 내 정신 좀 봐. 방으로 올라갈 거지?"

그러나 친구들은 오늘은 오래 있을 여유가 없다며 이렇게 이야기만 해도 좋다고 말했다. 미즈타니의 누나가 정거장에서 기다리기 때문이라고 했다.

"가쓰코 누나가 왜 정거장에 있어?"

코페르는 이상하다는 생각이 들어 물어봤다. 미즈타니는 가쓰코가 이번에 여학교를 졸업하고 코페르네 집 가까운 데 있는 여자 대학에 들어갔다고 했다. 오늘 입학 원서를 받으러 가는 길에 여기까지 함께 왔는데 집에 갈 때도 함께 가기로 했다고 한다.

"아, 참, 누나가 너한테 편지를 썼어."

미즈타니는 조금 부끄러운 얼굴로 주머니에서 물빛이 감도는 봉투를 꺼냈다. 코페르는 그 자리에서 봉투를 뜯어보았다.

코페르에게.

감기는 좀 어때요? 전에 무척 나빠졌다는 말을 들었는데 그러고 나서 어떻게 됐는지 걱정했어요.

어제 코페르가 기타미에게 보낸 편지를 읽어 봤어요. 동생이 보여 줬지요. 편지를 읽고 정말 감동했어요. 코페르처럼 양심을 지키는 친구가 있어서 내 동생은 행복하다고 생각했어요. 솔직히 고백하자면 코페르가 그날 친구들과 함께 행동하지 않았다는 이야기를 듣고 얼마나 화를 냈는지 몰라요. 그렇게 약속까지 했는데, 하는 생각이 들어서 서운했어요. 하지만 편지를 읽고 그렇게 생각했던 내가 부끄러웠어요. 편지를 읽고 눈물을 참지 못했어요.

부디 그날 일로 코페르와 내 동생의 우정이 흔들리지 않으면 좋겠어요. 또 앞으로도 계속 동생의 친구로 옆에 있어 주기를 동생을 대신해 이렇게 부탁드릴게요.

그럼 몸 건강히.

가쓰코가 혼다 준이치에게

코페르는 편지를 읽으면서 손이 떨렸다.

"지금 가쓰코 누나는 정거장에 있는 거야?"

코페르는 흥분한 목소리로 물어보았다.

"응, 지금쯤 왔을걸."

"우리 집에 와도 괜찮지 않을까?"

"그야 상관은 없지만 폐가 될 텐데."

코페르는 그 말을 듣고 어머니를 돌아보며 말했다.

"엄마, 미즈타니 누나를 데려와도 되지?"

"되고말고. 괜찮다면 꼭 와 줬으면 싶구나."

"내가 가서 데려올게. 괜찮지, 엄마!"

어머니는 코페르가 다 낫지 않아서 걱정했지만 잠깐 망설이다가 결심한 듯 말했다.

"좋아, 갔다 와. 그 전에 목도리도 하고 외투부터 입어."

코페르는 어머니가 말을 마치기도 전에 집 안으로 달려갔다. 서둘러 목도리를 두르고 현관에 걸려 있는 외투를 어깨에 걸쳤다.

"다녀올게."

코페르는 친구들에게도 함께 가자고 말했다.

"너희들은 집에서 기다리는 게 어떠니?"

어머니가 말했지만 세 사람은 코페르와 함께 가기로 했다.

"그럼 올 때는 역에서 택시를 타고 와."

어머니가 그렇게 말했을 때 코페르는 이미 신발을 신고 뛰어나가고 있었다.

조금 지나 가쓰코는 남자아이 넷과 택시를 타고 코페르네 집으로 오고 있었다. 주택가가 지나가고 팽나무 가로수 길이 나타나자 택시도 기분 좋게 달렸다.

"코페르."

가쓰코가 옆에 앉아 있는 코페르를 불렀다.

"그 편지, 어머니에게도 보여 드렸어?"

"아니, 아직."

"보여 드리지 마. 혹시 어머니가 보실지도 모른다고 생각해서 존댓말로 썼거든."

"그럼 괜찮잖아?"

"그래도 싫어. 코페르에게 쓴 편지지 어머니께 드린 편지가 아니니까."

"그렇지만……. 가쓰코 누나도 기타미에게 보낸 내 편지 읽었잖아."

"너 정말!"

그 말에 모두 웃음을 터뜨렸다.

택시는 아이들의 웃음소리를 창밖으로 뿌리며 밝은 햇살 속을 달린다. 저 앞으로 산울타리가 이어져 있는 하얀 길이 멀리까지 뻗어 나간다. 길 끝에 있는 기와지붕 위로 햇볕이 내리쬐어 따뜻하게 빛난다. 창밖으로 보이는 산울타리가 뒤로 흘러갈수록 기와지붕이 점점 더 가까워졌다. 기와지붕이 있는 곳을 돌자 코페르네 집이 나왔다. 코페르는 한바탕 전쟁을 치르고 나서 이기고 돌아오는 것 같았다.

수선화와 간다라 불상

코페르와 세 친구들은 우정을 되찾았다. 코페르가 쓴 편지가 큰 노릇을 하기도 했지만 처음부터 세 친구들은 코페르가 걱정했던 만큼 그때 일을 마음속 깊이 담아 두고 있지는 않았다. 그것도 이제는 아무래도 상관없는 일이 되었다. 코페르는 이번 일을 겪으면서 혼자 고민하고 괴로워하는 시간이 많았지만 자신의 행동과 생각, 생활을 객관으로 바라보는 법을 배웠다.

"너 자신을 알라", "너를 되돌아보라" 같은 명언은 초등학생 시절부터 여러 번 들어보았다. 어쩐지 케케묵은 느낌이 들어 어디에선가 이런 말을 보거나 들었더라도 아, 또 이 말이야, 하고 생각했을 테다. 코페르도 명언에 담긴 뜻이 무엇인지는 잘 알고 있었다. 만일 국어 시험에 이런 명언에 담긴 진짜 뜻을 설명해 보라는 문제가 나온다면 만점받을 자신이 있었다. 그런데 말을 이해하는 것과 말에 담긴 진리를 이해하는 것은 조금 달랐다. 코페르는 요즘 들어 자기를 되돌아보는 것이 무엇을 뜻하는지 조금씩 알게 되었다.

코페르가 행동하고 말하는 데는 어른스러움과 아이다움이 뒤섞여 있다. 당연한 것인지도 모른다. 코페르는 이제 열다섯 살 봄을 맞이하고 있다. 하루하루 아이에서 어른으로 자라고 있다. 코페르 자신도 그것을 의식하고 있다. 성인용 야구 방망이는 무거워서 제대로 휘두르지 못하지만 초등학교 때 아버지가 사 준 야구 방망이는 우스울 만큼 가볍고 짧아서 그때 이런 걸 어떻게 휘둘렀을까, 싶다.

코페르는 달라졌다. 외삼촌도 그 변화를 눈치 챘다. 외삼촌은 학년 시험이 끝나고 코페르가 중학교 2학년이 된 봄방학에 맞춰 적갈색 노트를 코페르에게 건네주었다. 오랜 시간 동안 코페르에게 해 주고 싶은 말을 써 놓은 노트이다.

피안(춘분의 앞뒤 이레에 해당하는 기간)의 중간 날이다.

코페르네 집에서는 불단에 돌아가신 아버지의 사진을 장식하고 그 앞에 꽃과 과일을 올려놓았다. 불단은 늘 고즈넉한 분위기가 감돌았는데 이날은 화려한 색깔로 치장해 놓았다. 코페르는 불단 앞에 엎드려 노트를 펼친 채 골똘히 생각에 잠겨 있었다.

이 노트는 어머니가 새로 사 주었다. 코페르는 새 노트에 무엇을 쓰면 좋을까, 하고 고민하고 있었다. 외삼촌이 건네준 노트를 읽고 나서 어머니에게 보여 드렸는데, 어머니는 그 노트를 코페르에게 돌려주시면서 앞으로 코페르도 생각하고 느낀 것을 외삼촌처럼 노트에 적어 보는 게 어떻겠냐고 했다. 그러고는 이 노트를 사 주었다. 그래서 코페르는 노트에 첫 번째 감상을 쓰려고 아까부터 생각에 잠겨 있었다. 그런데 감상이란 자연스레 떠오르는 것이지 만들고 싶다고 해서 만들어지는 것은 아니다. 코페르는 외삼촌이 노트에 써 놓은 글을 읽고 여러 가지를 알게 되었지만 외삼촌처럼 다양한 생각들이 떠오르지는 않았다. 그렇다고 감상이 아주 없는 것은 아니지만 막상 써 보려

고 하니 무엇을 어떻게 써야 할지 정리가 안 되었다. 코페르는 어느 사이엔가 노트에서 마음이 멀어져 부엌으로 가고 있었다. 부엌에서는 엄마가 피안 기간의 관례대로 가정부와 함께 싸리로 무언가 만들고 있었다.

'감상은 싸리처럼 함부로 만

들 수 있는 게 아니다.'

이런 생각이 떠올랐지만 새 노트의 시작을 장식할 만한 문장은 아닌 것 같았다. 코페르는 쓰는 것을 포기하고 일어섰다.

장지문을 열자 바깥은 아주 맑고 따스했다. 안뜰에 피어난 노란 수선화가 눈길을 사로잡았다.

코페르는 뜰에 내려가 햇빛을 쬐며 어슬렁거렸다.

단단해 보이는 단풍나무 가지 여기저기에 새빨간 움이 텄다. 팔손이(두릅나무과의 상록수)의 정수리에도 두꺼운 외투를 뒤집어쓴 것 같은 새싹이 죽순처럼 생긴 머리를 내밀고 있다. 다른 나무들도 가느다란 가지 끝에 작은 이슬 같은 새싹을 달고 있다. 뜰 어디에 눈을 두더라도 부드러운 흙을 머리로 들어 올리는 새싹들이 보인다. 새싹들은 흙 밖으로 나와 세상을 보고 싶어 한다. 조금 더 일찍 땅으로 얼굴을 내민 풀잎들은 자기를 한번 봐 달라는 듯이 싱싱한 얼굴을 들어 키를 키우려 하고 있다. 코페르는 기분이 좋아졌다. 두꺼운 스웨터를 벗을 때가 다가오고 있다. 운동장에서 운동 경기 시작을 알리는 호루라기 소리가 들릴 날도 그리 머지않았다.

코페르는 뜰 한쪽 구석에 있는 편백 잎 아래에서 흙투성이가 된 고무공을 발견했다. 지난해 겨울에 잊어버리고 나서 한참 동안 찾아도 나타나지 않았는데 이런 곳에 숨어 있었다. 코페르는 살며시 웃으며 고무공을 주웠다. 고무공은 이곳에서 한겨울을 지냈다. 말이 없는 고무공 위로 몇 번이나 눈이 쌓이고, 또 봄이 되어 녹았다 생각하니 오랜 겨울이 마침내 지나갔구나, 싶었다.

코페르는 툇마루 밑에서 조그만 모종삽을 꺼내 응달에 싹을 틔운 화초들을 양지바른 곳으로 옮겼다. 똑같은 노란 화초인데도 양지바른 곳에서 자란 녀석들은 어느새 꽃을 피우고 있는데 그늘진 곳에 자리 잡은 녀석들은 봉오리도 맺지 못했다. 코페르는 뜰을 돌아다니며 그늘진 곳에 앉아 있는 불쌍한 화초들을 따뜻한 곳으로 옮겼다.

"또 없나."

코페르가 천천히 주위를 둘러보았을 때다. 방금 고무공을 발견한 곳에서 화초 비슷하게 생긴 싹이 보였다.

"저기도 하나 있네."

코페르는 모종삽으로 땅을 파 내려갔다.

땅을 파기 시작한 지 얼마 안 되어 뜻밖의 상황과 마주쳤다. 뿌리가 기껏해야 5센티미터쯤밖에 안 될 것이라고 생각했는데 5센티미터를 파도, 7센티미터를 파도 뿌리가 안 나왔다. 코페르는 삽을 깊숙이 찔러 풀 둘레를 파 내려갔다. 구멍이 점점 깊어지고 코페르 발밑에는 흙더미가 점점 쌓여 갔다. 커다란 편백 잎이 쌓인 그늘에 앞쪽만 살짝 푸른빛을 띠고 있는 파르께한 줄기가 불안스레 뻗어 있었다. 10센티미터, 11센티미터, 12센티미터…… 코페르는 열심히 땅을 팠다. 그러나 뿌리는 웬만해서 나올 생각이 없는 것 같았다. 15센티미터 넘게 파 내려갔을 때는 코페르도 흥분하기 시작했다. 이토록 작은 풀이 이렇게 깊은 땅속까지 뿌리를 내렸다니. 코페르는 이 조그만 풀의 생명력에 감탄했다. 20센티미터를 파 내려가도 아직 뿌리는 보이지 않았다. 코페르는 어이가 없다는 듯 비실비실하게 흔들리는 파르께한 줄기를 내려다보았다. 화초라기보다는 파와 비슷하게 생겼다. 그렇더라도 이렇게 깊이 뿌리를 내리는 데 며칠이나 걸렸을까. 열흘이나 보름 정도가 아닐 테다. 아마도 이 녀석은 땅에 눈이 쌓여 있던 그때부터 봄이 다가오는 기운을 느끼고 천천히 땅속에서 싹을 틔웠을 게 분명하다. 어두컴컴한 흙 속에서 조금씩, 조금씩 쉬지 않고 고개를 내민 끝에 마침내 세상에 얼굴을 내밀 수 있었을 테다.

'근성 있는 녀석이다!'

코페르는 속으로 외쳤다. 아무도 보지 않는 곳에서 이렇게 열심히 노력했다고 생각하니 어쩐지 마음 한구석이 찡해졌다. 코페르는 이 보잘것없는 풀이 흔하디 흔한 풀로 보이지 않았다.

"잘했어, 잘했어."

코페르는 칭찬해 주고 싶은 마음으로 부지런히 흙을 파 내려갔다.

드디어 뿌리가 나타났다. 코페르는 그것이 노란 수선화의 구근이라는 것을 금방 알아차렸다. 이만큼 깊은 곳에서 어떻게 노란 수선화의 구근이 자라고 있을까. 코페르는 알 수 없었다. 하지만 구근은 이렇게 깊은 곳에 파묻혀 있었는데도 죽지 않고 살아 있다. 살아 있는 한 흙 속에 갇혀 있더라도 봄이 오면 햇살을 받아 싹을 틔우고, 따사로운 땅 위로 머리를 내밀 테다.

코페르는 볼품없이 생긴 수선화를 찬찬히 살펴보았다. 줄기가 30센티미터는 될 것 같다. 벌써 꽃을 피운 다른 친구들과 높이는 거의 비슷하다. 하지만 누가 봐도 수선화로는 보이지 않았다. 하얗게 센 줄기는 몇 번을 봐도 파처럼 생겼다. 이파리 끝이 푸른빛으로 물들지 않았다면 수선화라는 것을 몰랐을 테다. 코페르는 볼수록 웃기게 생긴 이 수선화를 햇볕이 잘 내리쬐는 곳에 살고 있는 친구들 옆에 옮겨 심었다. 구덩이를 깊이 파서 하얗게 센 줄기까지 흙으로 덮어 주었다. 다른 노란 수선화들은 물에 씻은 것처럼 짙푸른 잎사귀를 거침없이 뻗으며 샛노란 꽃봉오리를 반쯤 벌리고 서 있다. 그 옆에서 지금 막 옮겨 심은 수선화가 겨우 싹을 내밀고 있다. 그 모습이 애처로워 보였다. 코페르는 흙으로 덮어 준 파르께한 수선화 줄기가 자꾸 눈에 아른거렸다.

'그래! 아무리 땅속 깊이 묻혀 있을지라도 이 녀석은 자랄 수밖에 없었어.'

코페르는 노란 수선화의 뿌리를 생각했다. 겨우 3센티미터도 안 되지만 얌전하게 고개를 들고 있는 저 푸른빛 잎사귀가 노란 수선화가 자라는 데 필요한 힘을 만들어 냈다. 하지만……, 하지만 주위를 둘러보면 단풍나무도, 팔손이도, 낙엽 관목도, 아니 뜰에 살고 있는 풀과 나무는 모두 성장하고 싶다는 본능으로 움직이고 있다. 코페르는 흙투성이가 된 손을 터는 것도 잊어버리고 따뜻한 햇볕을 받으며 서 있었다. 어쩐지 가슴이 두근거렸다. 코페르의 몸 안에서도 성장하고 싶다는 본능이 움직이고 있었다.

그날 밤, 코페르는 외삼촌의 서재에서 외삼촌과 이야기를 나누었다. 고요한 밤이었다. 방긋이 연 창에서 섬뜩한 밤공기가 스며들었다. 밤공기에서는 정향나무와 비슷한 냄새가 났다.

"……불상은 그리스 사람들이 처음 만들었다는 그 이야기, 그

거 정말이야?"

"정말이지. 영국이나 프랑스 학자들이 오랫동안 연구해서 확
인했어."

"정말일까?"

코페르는 그 말이 잘 받아들여지지 않는 것처럼 보였다.

코페르는 어머니가 만든 모란병(멥쌀과 찹쌀을 섞어 쪄서 가볍게
친 다음 동그랗게 빚어 팥소와 콩가루 따위를 묻힌 떡)을 전해 주려고
외삼촌 집에 왔는데 이곳에서 저녁을 먹고 서재에서 외삼촌과
단둘이 이야기를 하게 되었다.

이야기는 피안의 기간에서 시작해 불상의 역사로 옮겨 갔다.
코페르가 불상은 누가, 언제 만들었는지 궁금해하자 외삼촌이
지금으로부터 약 2천 년 전에 그리스 사람이 만들었다고 대답
해 주었다. 하지만 코페르는 너무나 뜻밖이어서 믿기지 않았다.
코페르는 그리스 조각들은 모두 날씬한 몸매에 이목구비가 아
름답고 팔다리도 길어서 보고만 있어도 기분이 좋아지는 미술
품이라고 생각하고 있었다. 그러나 코페르가 알고 있는 불상은
가마쿠라(가나가와 현의 미우라 반도에 있는 도시)의 커다란 불상이
나, 나라(오사카 인근 지역)의 대불(나라(奈良) 시의 도다이 사(東大
寺)에 있는 불상으로 일본에서 가장 큰 금동제(金銅製) 불상이다)처럼
살이 포동포동하게 쪄서 얼굴도 둥글고 눈꺼풀은 무겁게 닫혀

있고, 왠지 깊은 생각에 잠겨 있는 것처럼 보였다. 자애롭고 위엄을 갖춘 조각들이지만 코페르처럼 어린 중학생이 보기에는 볼수록 음침하기만 했다. 무엇보다 얼굴 생김새도, 몸매도 서양인 같은 느낌이 없었다. 코페르는 불상만큼 동양적인 것도 없다고 생각하고 있었다. 그런데 불상을 맨 처음 만든 사람들이 그리스 조각을 만들어 낸 그리스 사람이라니…….

"하지만 외삼촌, 불교 발상지는 인도라고."

"맞아, 그러니까 불상을 처음 만든 곳도 국가로 말하면 인도란다. 인도에서 맨 처음 만들기는 했는데 만든 사람들은 인도 사람이 아니라 그리스 사람이었어."

"진짜?"

"이 사진을 봐."

외삼촌은 두꺼운 책을 꺼내 그 안에 있는 삽화를 코페르에게 보여 주었다.

삽화에는 그리스 조각과 불상 몇 점이 함께 실려 있었다.

"어때, 비슷하지?"

삽화에 나온 불상들은 누가 봐도 불상은 틀림없지만 얼굴 생김새도 어딘지 모르게 서양 사람 같고, 옷에 잡힌 주름 같은 것은 그리스 조각과 거의 똑같았다.

"이 불상은 조금 이상하게 생겼네."

코페르가 말했다.

"이상하다니? 어디가 이상하다는 거야?"

"어쩐지 서양 사람을 닮았어."

"이렇게 생긴 불상이라면 서양 사람이 만들었다고 해도 이상할 게 없지. 그런데 자세히 보면 그리스 조각하고는 다른 부분이 있어. 첫째로 귓불들이 모두 길어. 얼굴도 부처님답게 무언가 생각하는 것 같고."

그러고 보니 외삼촌 말이 모두 맞았다. 책에 나온 불상들은 그리스 조각과 일본, 중국의 불상을 반반씩 섞어 놓은 듯했다. 어느 쪽과 비교해 봐도 비슷하다면 비슷하고 다르다면 또 달라 보였다.

"외삼촌, 이건 무슨 불상이야?"

"그건 말이지, 간다라 불상이란다."

"간다라가 뭔데?"

"간다라는 인도 서북 지방에 있던 나라 이름인데……."

외삼촌은 코페르에게 간다라 불상 이야기를 해 주었다.

인도 서북부에 아프가니스탄이라는 나라가 있다는 건 너도 알고 있을 거야. 그 아프가니스탄에서 시작해 인도의 인더스 강으로 흘러 들어오는 강이 하나 있어. 카불이라는 강인데 이 카

246

불 강이 인도로 넘어가는 국경 지대에 페샤와르(파키스탄 북서부에 있는 교통의 중심지)라는 도시가 있단다. 이 페샤와르 일대를 옛날에는 "간다라"라고 했단다.

지금부터 백 년 전에 이 간다라에서 불교와 관련 있는 조각품을 발견했고, 1870년에 레이트너라는 영국 사람이 이 지역에서 간다라 미술품을 대량으로 발굴해 영국으로 가져갔지. 그때부터 세계의 학자들이 간다라를 주목했단다. 책에 실린 불상도 그때 이곳에서 발굴한 것들이야.

본디 불교는 인도에서 나왔어. 지금부터 2천5백 년 전에 인도 중부에는 카필라라는 나라가 있었단다. 석가모니는 카필라국의 왕자였어. 석가모니는 인간을 고뇌에서 구원하고 싶다는 마음으로 오랜 세월 동안 수양을 닦았고 자신이 깨달은 진리를 세상 사람들에게 설파했어. 여기까지는 너희들이 학교에서 배운 그대로야. 불교는 사람들 사이에 널리 퍼졌단다. 석가모니가 열반하고 나서 2백 년이 지날 무렵 마가다 국(기원전 1세기에 인도의 갠지스 강 중류에 있었던 고대 왕국)의 아소카라는 유명한 왕이 불교를 전파하기 위해 많은 노력을 기울였고, 그 덕택에 불교는 인도 내륙뿐 아니라 외국으로까지 전파되었단다. 이렇게 해서 한때 불교는 그 위세가 대단했지. 하지만 인도의 국교라 할 수 있는 힌두교에 압도되었고, 이슬람교도들이 인도에 침입하면서 불교도를 박해했기 때문에 불교는 자신이 태어난 인도 땅에서 거의 사라지고 말았단다. 그리고 불교도들이 남긴 수많은 미술품과 건축물, 기념비 같은 유적도 대부분 파괴되거나 땅에 묻혀 버리고 말았지.

인도가 18세기 중반에 영국의 식민지가 되었다는 것은 알고 있겠지. 영국 사람은 식민지를 통치하는 데 도움이 될 것이라고 생각해 인도의 역사를 알고 싶어 했어. 그런데 인도 사람은 이해하기 어려운 데가 있어서 경전은 셀 수 없이 많지만 자신들의 역사는 거의 기록하지 않았어. 역사를 기록하지 않았으니 기댈 곳은 오래된 유물뿐이었지. 이 때문에 영국 정부는 백년 전부터 인도에서 대규모로 고고학을 탐사하고 발굴을 해 나갔단다. 그렇게 해서 인도의 여러 지방에서 건축물, 기념비, 미술품, 화폐 같은 유적을 발굴했지. 이런 발굴과 탐사로 인도의 역사가 웬만큼 드러났어. 그와 함께 불교 미술의 발달 과정도 알 수 있었지. 간다라 불상은 영국 사람들이 인도를 탐사하다 우연히 발견한 미술품으로 후세의 불상과 비교하여 가장 오래된 불상으로 인정받게 되었지.

너희들도 간다라 불상을 보고 있으면 금방 느끼겠지만 얼굴과 몸집이 서양 사람에 가까워. 조각 기술도 그리스 조각 기술과 거의 비슷하고. 간다라 불상 가운데는 그리스 신화에 나오는

248

제우스와 똑같이 생긴 것도 있단다. 단지 이것뿐이라면 인도 사람이 그리스 사람에게 조각을 배워 불상을 만들었다고 가정할 수도 있지. 그런데 간다라 불상에는 인도 사람이 만들었다고 생각하기에는 힘든 몇 가지 특징이 있단다. 대표적인 특징이 머리를 뒤로 묶고 있다는 점이야. 불교에서 출가한 스님들은 모두 머리를 깎아야 해. 석가모니도 머리를 깎았다는 기록이 있단다. 따라서 간다라 불상을 인도 사람이 만들었다면 머리를 묶은 불상을 만들었을 리가 없어.

불교와 관련이 있는 조각이라면 간다라 불상보다 더 오래된 것들도 많아. 하지만 부처님을 사람처럼 조각한 것은 간다라 불상이 처음이었단다. 인도 사람에게 불상을 조각할 만한 기술이 없었다기보다는 그 사람들이 피했던 것 같아. 간다라 불상보다 더 오래전에 인도에서 조각한 것들을 보면 부처님이 아닌 사람 조각도 아주 많아. 게다가 조각 기술도 아주 훌륭해. 그런데 같은 시대의 불교 조각을 살펴보면 부처님을 나무나 수레바퀴, '표' 같은 것으로 표현하고 있어. 아소카 왕(기원전 3세기경 인도 마가다국 마우리아 왕조의 제 3대 왕. 인도 최초로 통일 왕국을 세워서 불교를 보호하고 전파했다)이 세운 산티의 불탑은 기원전 150년에서 100년 사이에 만들었다고 추정하는데, 이 불탑에는 부처님의 일생을 조각한 거대한 문이 있단다. 이 불탑에서도 석가모니는 단지 '표'로 표현하고 있을 뿐이야. 말하자면 인도의 불교도들은 석가모니가 열반하고 나서 3백~4백 년 동안 석가모니의 모습을 조각하지 않았던 거야. 어떤 학자는 부처님처럼 사람을 뛰어넘은 존귀한 존재를 사람의 모습으로 나타내는 것은 종교적으로 허락되지 않았기 때문이라고 주장했단다. 이런 상황을 추리해 볼 때 간다라 불상을 만든 사람들은 인도 사람이 아니라는 가정에 더욱 힘이 실렸지.

그렇기는 한데 간다라 불상의 얼굴 모습은 그리스 조각과 너무 달라. 그리스 신들의 표정이 밝은 데 견주어 간다라 불상은 무언가 깊은 생각에 잠겨 있는 듯한 은밀한 표정을 짓고 있어. 조각에서 받는 느낌이 전혀 달라. 조각 기술과 겉모습은 그리스 조각과 비슷하다고 해도 간다라 불상에서 풍기는 기운은 어디까지나 인도의 것, 그리고 불교의 것이 틀림없어.

이런 여러 가지를 종합해서 생각해 볼 때, "간다라 불상을 만든 사람은 아주 오랫동안 동양의 분위기를 흡수하고 불교에 깊이 심취한 그리스 사람이었다." 하는 가설이 나오게 되었단다. 문제는 그리스 사람이 간다라 지방에 살았냐 하는 것이지.

그런데 그리스 사람은 간다라 지방에 살았단다. 인도 서북부와 아프가니스탄에서 옛 시대의 화폐를 대량으로 발굴했어. 지금부터 1800~1900년 전에 박트리아(중앙아시아 힌두쿠시 산맥과 아무다리아 강 사이에 있던 옛 나라)와 대월지국(大月氏國. 중앙아시아의 유목민이 세운 나라)에서 쓰던 화폐였지. 이 화폐에는 인도의 신들과 불상뿐만 아니라 그리스 신화에 나오는 신들도 조각되어 있었단다. 그리고 고대 인도 문자와 함께 그리스 문자가 기록되어 있었어. 이것만 보더라도 이 지역에 수많은 그리스 사람이 살았다는 것을 알 수 있지.

그렇다면 왜 그리스 사람이 인도 서북부에 살았을까.

그 까닭은 너희들도 잘 알고 있는 알렉산더 대왕의 원정 때문이었단다. 알렉산더 대왕은 기원전 334년에 그리스 동맹군을 이끌고 유럽과 아시아의 경계인 헬레스폰트 해협(터키 서부와 지중해를 연결하는 해협. 오늘날 이름은 다르다넬스 해협)을 건너 10년 남짓 아시아 대륙을 정복했어. 그 당시 페르시아라는 나라가 서쪽으로는 지중해에 닿아 있는 시리아와 이집트, 동쪽으로는 인더스 강 유역까지 드넓은 영토를 자랑하며 번창하고 있었어. 알렉산더 대왕의 군대는 이 페르시아를 정복해 나갔지. 메소포타미아에 있던 페르시아의 도시 바빌론을 공략하는 데 그치지 않고 지금의 아프가니스탄, 중앙아시아를 지나 인더스 강 동쪽 기슭까지 과감하게 원정을 했단다. 대왕은 기원전 323년에 인도 원정을 마무리 짓고 바빌론으로 돌아가 그곳을 새로운 나라의 수도로 정했어. 하지만 같은 해에 대왕은 겨우 서른두세 살밖에 안 된 젊은 나이로 평생토록 꿈꿔 온 원대한 이상을 실현해 보지 못한 채 세상을 떠나고 말았단다.

알렉산더 대왕의 이상은 무엇이었을까.

대왕이 정복한 드넓은 땅에 서양 문명과 동양 문명이 한데 어우러진 대제국을 건설하는 것이었단다. 대왕은 자진해서 페르시아 공주를 아내로 삼았고, 부하들에게도 페르시아 귀부인들과 결혼하기를 권장했어. 또 원정을 하면서 그리스식 도시를 건설하고 그리스 사람을 새로 건설한 도시로 이주시켰단다. 대왕은 페르시아 사람에게 그리스 문명을 주입하고, 그리스 사람에게 페르시아 문명을 주입해서 동서 문명을 하나로 묶으려 했던 거야. 알렉산더 대왕은 원정을 하면서 그리스 문명을 동양으로 퍼뜨리고 싶어 했지. 기존의 동양 문명과 그리스 문명을 하나로 만들고 싶어 했어. 대왕은 겨우 10년 남짓 제왕의 자리에 머물고 일생을 마쳤지만 대왕이 죽고 나서도 그리스 사람들은 동양의 신도시로 이주했단다. 그리고 동양과 서양이라는 두 문명은 그 뒤로도 오랫동안 교류했어.

박트리아는 지금의 아프가니스탄 지방을 말하는데 이곳에 그리스 사람들이 많이 살았어. 그리고 지금부터 2천 년 전에 박트리아에 살던 그리스 사람들 일부가 인도 서북부로 이주했지. 이 사람들은 그리스 문화를 인도 사람들에게 전하기도 했지만 인도 문화에서도 많은 영향을 받았단다. 그리스의 조각 기술을 갖고 있으면서 불교의 기운도 받아들이며 살고 있었지. 바로 이 사람들이 불상을 처음으로 세상에 내놓은 거야.

"그러니까 코페르……."

외삼촌은 긴 이야기를 끝냈다.

"불상은 불교에서만 태어난 건 아니야. 또 그리스 조각의 기술만으로 만들어진 것도 아니야. 양쪽에서 영향을 받아 불상이 태어났지. 그 전까지는 불교가 전파되어도 불상은 나오지 않았어."

코페르는 외삼촌이 설명하는 것을 듣고 나서야 그리스 사람이 세계에서 최초로 불상을 만들었다는 이야기를 이해했지만 동양의 것이라고 믿었던 불상이 실제로는 서양 문명과 동양 문명이 만나 태어난 아이라고 생각하면 아무래도 이상한 느낌을 지우기 힘들었다.

"그럼 외삼촌, 나라 시에 있는 불상(도다이 사東大寺에 있는 대불)도 똑같은 거야?"

"비슷해. 나라 시의 대불은 일본 사람이 만들었지만 불상을 제작하는 기술은 중국에서 건너왔으니까. 중국은 그 기술을 인도에서 배웠지. 그렇게 거슬러 올라가면 간다라 불상이 나오고,

더 나아가서는 그리스 조각에서 영향을 받았다고 할 수 있지."

"그렇구나."

코페르는 감탄한 듯 중얼거렸다. 외삼촌이 또 이야기했다.

"간다라에서 만들기 시작한 불상은 불교가 아시아 전역으로 확산되는 기세를 타고 아시아 곳곳으로 전파되었어. 동남쪽으로는 자바(오늘날의 인도네시아), 동북쪽으로는 중국, 한국을 거쳐 일본으로 건너왔지. 그러는 동안 겨레마다 다른 기질을 간다라 불상에 더해 지역마다 특색 있는 불상을 만들었어. 그래도 기본이라고 할 수 있는 그리스의 조각 기술은 여전히 남아 있었지……."

외삼촌은 여기까지 말하고 나서 잠깐 무언가 생각하고는 이야기를 이어 갔다.

"일본에 불상이 전해진 건 킨메이 천황(509~571년. 일본의 제29대 왕.) 시대야. 고우키(皇紀. 진무 천황이 즉위했다는 기원전 660년을 원년으로 하는 일본의 기원) 1211년쯤 되겠지. 지금부터 약 천6백 년 전 일이란다. 그 시절에 교통이 제대로 발달했을 리 없지. 당시만 해도 일본과 중국, 중국과 인도를 오가려면 목숨을 걸어야 했어. 더구나 인도와 중국 사이에 있는 중앙아시아 산맥들과 넓은 사막을 횡단한다는 건 보통 일이 아니었지. 뱃길이 없었기 때문에 이 험준한 산맥을 넘어가는 길밖에 없었어. 요즘도 중앙

254

아시아를 거쳐 인도에서 중국으로, 중국에서 인도로 오가기가 쉽지 않아. 하물며 천 년, 2천 년 전이었다면 얼마나 어려웠겠니. 그러니 코페르, 이런 환경에서 불상이 일본에까지 전해졌다는 건 정말 엄청난 사건이었다고.

'학문과 예술에 국경은 없다.' 너도 이런 말은 한번쯤 들어봤겠지. 정말 그 말대로야. 히말라야 산맥과 힌두쿠시 산맥(중앙아시아 파미르 고원의 남쪽에서 아프가니스탄을 지나 이란으로 뻗은 산맥), 쿤룬 산맥(티베트 고원과 타림 분지 사이를 동서로 뻗은 산맥)처럼 아시아의 등뼈로 일컫는 험준한 산맥과 타클라마칸(중국 신장 자치구 서부에 있는 사막) 같은 대사막도 예술이 전파되는 것을 막지는 못했어. 천 년 전 옛날에 그리스 문명이 히말라야 산맥과 사막을 건너 중국에 전파되고, 다시 중국에서 바다 건너 일본에까지 전파된 것을 생각하면…… 코페르, 이보다 더 놀라운 일이 어디 있겠니."

들고 보니 정말 놀랍기만 했다. 코페르는 부풀어 오르는 벅찬 감동을 느꼈지만 어떻게 말로 표현해야 할지 몰랐다.

"불상만이 아니었어. 나라의 도다이 사에 있는 목조 창고에는 인도, 페르시아, 아프가니스탄에서 건너온 미술품도 많아. 나라 시대의 우리 선조들은 당시의 세계 역사와 세계 지리 같은 것은 아무것도 몰랐지만 어쨌든 세계 역사에서 분리되지는 않았던 셈이지. 세계 역사를 바라보는 시야는 어린아이만도 못했지만 그 당시 일본 사람들은 먼 나라에서 찾아온 멋진 예술 작품을 알아보고 감탄할 줄 알았어. 머나먼 이국의 문물 가운데서 훌륭하다고 느낀 예술 작품을 받아들여 이 땅의 문명을 발전시켰단다. 우리는 우리 나름대로 인류의 진보를 받아들여 우리에게 맞는 문화를 만들어 온 거야……."

코페르 스스로도 외삼촌이 하는 말을 들으며 자기 눈동자가 빛나고 있다는 것을 알고 있었다.

그리스에서 시작한 문명이 동양의 가장 동쪽 끝에 있는 머나먼 섬나라로 건너와 발전하기까지 2천 년이라는 시간이 흘렀다. 그 시간 동안 그리스에서 일본에 이르는 드넓은 땅덩어리에서 태어나고 죽어 간 수십억이나 되는 사람들……. 여러 민족을 거치면서 변하고 발전한 아름다운 문화! 그 시간들을 눈으로 볼 수 있다면 얼마나 멋질까. 코페르는 부푼 마음속에서 무엇인가 크게 출렁이는 것을 느꼈다. 코페르는 정향나무 꽃향내가 실린 밤바람을 맞으면서 입을 굳게 다물고 책상 위에 있는 전등을 보고 있었다.

낮에 뜰에서 느낀 대로 살아가고자 하는 생명의 본능은 몇 천 년이라는 역사 속에서도 똑같이 움직여 온 것이다.

봄날 아침

코페르는 꿈도 꾸지 않고 자다 눈을 떴다.

방 안은 아직 캄캄했다. 모두가 잠들어 있는지 아무 소리도 들리지 않고 조용했다. 코페르는 어둠 속에서 눈을 뜬 채 그대로 누워 있었다. 잠을 푹 잔 탓에 정신도 맑고 기분도 편안했다. 몇 시쯤 됐을까. 주위를 둘러보니 우윳빛 유리창 덧문 틈새로 희미한 빛이 배어 나온다. 날이 밝아 오고 있다. 코페르는 이불을 걷고 일어나 아래층에서 자고 있는 어머니가 깨지 않도록 조심조심 창문을 열었다. 밖은 안개가 자욱하다. 오싹한 습기를 머금은 공기가 코페르의 얼굴을 스쳐 방 안으로 들어왔다.

태양은 아직 떠오르지 않았다. 이 층 창가에서 내려다보이는 뜰의 나무들도, 이웃집 지붕도, 저 멀리 나무숲도, 전봇대도 모두 안개에 싸여 희미하게 밝아 오는 새벽녘처럼 잠이 덜 깬 모습을 하고 있다.

그때 어딘가에서 휘파람새가 지저귀는 소리가 들렸다. 코페르는 귀를 기울여 휘파람새가 지저귀기를 기다렸다. 조금 지나 먼 곳에서 또 한 번 지저귀는 소리가 들렸다. 휘파람새는 계속 지저귄다. 어디에서 지저귀는지 보이지는 않는다. 깊게 내려앉은 안개 속에서 지저귀는 소리만 들린다. 사이를 두고 지저귀는 소리는 무척 즐겁게 들린다. 누군가에게 들려주기 위해서가 아니라 자기 목소리를 즐기기 위해 부르는 노래다. 휘파람새가 한 번 지저귀고 그때마다 은은하게 퍼지는 자기 목소리에 귀를 기울이는 모습이 눈에 보이는 것 같았다. 코페르도 창가에 기대 한참 동안 새소리에 취해 있었다.

코페르는 책상에 앉아 어머니가 사 준 새 노트를 꺼내 만년필로 무언가 써 나갔다.

외삼촌.

나도 오늘부터 이 노트에 내가 느끼고 생각한 것들을 쓰기로 했어요. 외삼촌이 노트에 나에게 이야기하듯 쓴 것처럼 나도 외삼촌에게 내 생각을 말하듯이 쓰려고 해요.

외삼촌이 준 노트는 몇 번이나 읽었어요. 아직 잘 이해 안 되는 내용도 있었지만 그런 부분도 그냥 넘어가지 않고 여러 번

읽어 봤어요. 내 마음을 가장 울린 글은 물론 아버지의 유언이었어요. 내가 사람다운 훌륭한 사람으로 자라는 것이 아버지의 마지막 희망이었다는 말을 절대로 잊지 않을 거예요. 나는 정말 좋은 사람이 되고 싶어요. 외삼촌 말씀처럼 나는 소비 전문가고, 아무것도 생산하는 게 없어요. 우라가와와 달리 지금 나는 무언가 생산해 내고 싶어도 할 수 있는 일이 없어요. 하지만 좋은 사람은 될 수 있어요. 내가 좋은 사람이 된다면 이 세상에 좋은 사람이 하나 더 늘어나는 거예요. 이만한 일은 나도 할 수 있어요. 내가 이 마음을 잊지 않는다면 좋은 사람이 되는데 그치지 않고 세상을 위해 무언가를 낳을 수 있는 사람이 될 거라고 믿어요.

코페르는 여기까지 쓰고 펜을 내려놓았다. 안개 속 너머에서 전차 소리가 들렸다. 벌써 전차가 다니는 시간이 되었다.

코페르는 창밖으로 눈을 돌렸다. 먼 하늘이 조금씩 밝아 오고 있다. 저 하늘 아래 도쿄라는 도시가 펼쳐져 있다. 수백 만이나 되는 사람들이 오늘도 하루를 시작하려고 한다. 우라가와도. 아니 우라가와는 지금쯤 김이 모락모락 피어오르는 가마솥 옆에서 두부를 튀기고 있을 테다. 코페르는 미즈타니가 사는 고풍스런 집과 가쓰코를 떠올렸다. 기타미가 잘 때 얼굴도 상상할 수 있었다. 좋은 친구들이 옆에 있어서 행복했다. 코페르는 다시 노트에 글을 썼다.

나는 온 세계 사람들이 서로 친한 친구처럼 사이좋게 지내는 그런 세상이 오면 좋겠어요. 인류는 지금껏 발전해 왔으므로 머지않아 틀림없이 그런 세상이 올 거라고 믿어요. 내가 그런 세상에 도움을 줄 수 있는 사람이 되면 좋겠어요.

갑자기 방이 환해졌다. 코페르는 고개를 들었다. 창문 가득 햇살이 쏟아지고 있었다. 해가 안개를 뚫고 새하얀 빛을 땅으로 내려보내고 있었다.

이 책이 나오기까지

1935년 10월, 신초샤(新潮社)에서 야마모토 유조(山本 有三. 1887~1974. 소설가, 극작가) 선생님이 쓴 책《가슴에 태양을 품어라》를 펴냈습니다. 이 책은 야마모토 선생님이 편찬한 '일본 소국민(다음 세대를 짊어질 소년소녀를 뜻함) 문고'(모두 16권) 가운데서 처음 나온 책입니다. 이 문고는 달마다 한 권씩 나와 1937년 7월에 완간되었습니다.《그대들, 어떻게 살 것인가》가 마지막으로 나온 책입니다.

1935년은 1931년에 일어난 만주사변(1931년 9월 18일에 일본 관동군이 만주를 침략한 사건)을 시작으로 일본군부가 아시아 대륙을 찬탈한 지 4년이 지나고, 일본 안에서는 군국주의 세력이 뻗어 나가던 시기입니다. 1937년 7월에《그대들, 어떻게 살 것인가》가 나오면서 '일본 소국민 문고'가 완간된 무렵 루거우차오 사건(1937년 7월 7일 밤에 루거우차오 부근에서 일본군과 중국군이 충돌한 사건)이 중일전쟁으로 확산되어 그로부터 8년 동안 전쟁이 이어졌습니다. 이 시대 상황과 맞물려 '일본 소국민 문고'가 나오고, 《그대들, 어떻게 살 것인가》가 세상에 태어났습니다. 유럽에서는 무솔리니와 히틀러가 정권을 잡아 파시즘이 여러 나라를 위협했고, 제 2차 세계대전의 검은 구름이 온 세계를 뒤덮었습니다. '일본 소국민 문고'는 이런 시대를 반성하며 계획한 문고입니다.

당시 군국주의가 확산되면서 언론과 출판의 자유는 크게 제약을 받았고, 노동운동과 사회주의 운동은 격심한 탄압에 시달렸습니다. 야마모토 선생님처럼 자유주의를 지지하던 작가들은 1935년 이전부터 자유롭게 글을 쓸 수 없었습니다. 그런 가운데서도 선생님은 어린 청소년에게는 아직 희망이 남아 있다고 믿었습니다. 이들만은 이 시대의 나쁜 영향을 받지 않도록 보호해 줘야 한다고 생각했습니다. 선생님은 이 어려운 시절을 이겨 낸 청소년이야말로 다음 시대를 짊어지고 나갈 소중한 자원이며, 청소년에게는 아직 희망이 남아 있으므로 그들에게 편협한 국수주의와 반동사상을 뛰어넘는 자유롭고도 풍요로운 문화가 있다는 것을 어떻게든 알려 줘야 한다고 생각했습니다. 인류는 진보한다는 신념을 지켜 내기 위해서는 청소년을 교육해야 한다고 믿었습니다. 파시즘이 미친 듯이 날뛰며 세상을 위협할 때도 선생님은 인본주의 정신을 지켜 내고 싶어 했고, 그 희망을 다음 세대에 걸었습니다. 그 시절에는 무솔리니와 히틀러를 영웅으로 떠받들며 군국주의 내용으로 가득 찬 청소년 문고가 활개를 치고 있었습니다. 그런 시대에 야마모토 선생님 같은 분이 있었다는 것은 참으로 다행스런 일입니다.

선생님은 이런 신념으로 다음 세대를 위한 책을 펴내려고 계획했는데, 나와 자주 의논을 하고는 했습니다. 돌아가신 요시다 기네타로(吉田甲子太郎. 1894~1957. 아동문학가) 같은 분들과 50~60번도 넘게 회의를 한 끝에 '일본 소국민 문고' 16권을 만들었습니다. 나는 그 가운데서 윤리 주제를 담은 책《그대들, 어떻게 살 것인가》를 맡았습니다. 처음에는 야마모토 선생님이 쓰기로 했는데, 이 계획이 실현되려 할 때 안타깝게도 병에 걸려 쓰기가 어려워졌습니다. 달리 부탁할 만한 사람도 없고 해서 내가 대신 이 한 권을 쓰게 되었습니다.

나는 그때 철학을 공부하고 있었습니다. 문학은 학창 시절부터 좋아했고 가까이했지만 아무것도 모르는 초보자였습니다. 감히 야마모토 선생님을 대신할 만한 자격은 없었습니다. 그러나 방금 설명한 것처럼 어쩔 수 없었기에, 16권 가운데서도 가장 근본이 되는 사상을 전달해야 하는《그대들, 어떻게 살 것인가》를 선생님 대신 쓰기로 했습니다. 문고를 펴내는 취지를 이

한 권에 담아내야 하는 막중한 책임을 맡은 것입니다. 1936년 11월 즈음부터 쓰기 시작했는데 문고 편집 주임을 맡았기에 글을 쓰는 것뿐만 아니라 다른 할 일도 많았습니다. 그래서 잠깐 쉬었다가 1937년 봄부터 다시 펜을 잡았고 같은 해 5월에 완성했습니다. 청소년이 마주한 윤리 문제를 원고지 600장으로 다루는데 도덕책처럼 설교만 하면서 책장을 메우면 청소년들이 읽기에 조금 어렵지 않을까 싶어 야마모토 선생님과 여러 번 의논한 끝에 이야기를 한 편 구성해 생각을 전달하기로 했습니다. 처음부터 문학작품이라고 생각했다면 다른 방식으로 쓰지 않았을까 생각합니다.

《그대들, 어떻게 살 것인가》는 1937년 7월에 처음 나오고 나서 다행히도 여러 판을 거듭했습니다. 그러나 태평양전쟁이 본격적으로 시작되고부터는 출판이 금지되었습니다. 전쟁이 끝나고 나서야 '일본 소국민 문고'는 다시금 나올 수 있었고 이 책도 또 한 번 햇살을 보게 되었습니다. 그때부터 20년 동안 신초샤에서 펴내 오늘에 이르렀습니다.

요시노 겐자부로